ベリーズ文庫

極上スパダリと溺愛婚
～女嫌いCEO・敏腕外科医・カリスマ社長編～
【ベリーズ文庫溺愛アンソロジー】

STARTS
スターツ出版株式会社

目次

敏腕社長の一途な愛し方　きたみまゆ

旦那さま、いつになったら
妻だと気づいてくれますか？

滝井みらん

やっと結婚できたのに……

「明日はクリスマスなんだけどな……」

病院のロビーに置かれたクリスマスツリーを長椅子に座りながら眺め、ポツリと呟く。

もう午後九時を過ぎていて辺りは真っ暗だけど、クリスマスツリーの電飾だけがピカピカと光っていた。

その光がなんだか寂しく見えるのは、明日私が手術を受けるからかもしれない。

二日前、学校からの帰宅途中に歩道に突っ込んできた車を避けきれず、事故に遭った。それで膝の靱帯《じんたい》を損傷し、手術することになったのだ。

担当医はまた普通に歩けると言ってくれたけど、明日の手術が心配で病室でじっとしていることができなかった。

本当にちゃんと歩けるようになるのだろうか？

「怖い……怖いよ」

考えれば考えるほど手術するのが怖くなり、ひとり泣きじゃくっていたら、不意に誰かの声がした。

「……どうして泣いているんだ？」

少し躊躇《ためら》うような口調で聞かれたが、その声は優しい。

驚いて顔を上げると、目の前にブレザーの制服を着た超絶美形男子がいた。

長身で、さらりとしたダークブラウンの髪に、一度見たら忘れられない切れ長二重の目。背格好からして、恐らく高校生だろう。

「誰？」

手で涙を拭って問いかけると、その人は私の横に腰を下ろした。

「気になって声をかけたんだ。家族の見舞いに来て帰ろうとしたら、君が泣いてるのが見えたから」

「明日手術なの。また歩けるようになるのか不安で……」

家族の前では平気な振りをしたけれど、彼には自分の本心を打ち明けた。多分、まったくの他人で逆に話しやすかったからかもしれない。

「大丈夫。絶対に成功するよ」

器具で固定された私の足をチラッと見て、彼は断言した。

「どうしてそんなに自信を持って言い切れるの？」

「これをあげるから」

その人はブレザーのポケットから無造作になにかを出して、私の手に握らせる。

それは藍《あい》色のお守りだった。

「幸運のお守り。これのお陰で俺はバスケで全国大会に行った。だから……」

彼は言葉を切って私を見つめると、少し頬を緩めながら告げる。

「君もこれを持っていれば大丈夫だ。きっと手術は成功する」

……不思議。彼の言葉がストレートに心に入ってきて、自分でも手術が成功するって思えてきた。

「ありがとう」とはにかみながら礼を言えば、彼が悪戯《いたずら》っぽく目を光らせて笑う。

「心配しなくていい。明日の夜はきっと笑顔でケーキ食べて、シャンパン飲んでるよ」

ポンと私の頭に手を置く彼に、気づけば微笑んでいた。

「ふふっ、まだ中学生だからシャンパンは飲めないよ。お兄さんも飲んじゃダメだよ」

「ただの冗談だよ。いつか……お互いお酒が飲めるようになったら、一緒にお祝いしよう」

とても甘い顔で彼が小指を差し出して来たので、私も小指を出して絡ませると、破顔して指切りをした。

「いつか……ね」

十年後――。

「これが婚姻届なのね」

目の前に置かれた書類をまじまじと見つめる。【夫になる人】の欄にはすでに署名と捺印がされていた。

【鷹司慶史郎《たかつかさけいしろう》】と達筆な字で書かれていて、その文字を見ただけで胸がキュンとなる。

――これが慶史郎さんの字。

「感動に浸ってないで、美桜《みお》も早くサインしたら？」

双子の弟の正樹《まさき》が、残念な子を見るような目を向けてきて私に促す。

「わ、わかってます」

ペンを握って【妻になる人】の欄に自分の名前を書き始めるが、リビングにいる私の両親、弟、それと鷹司家の弁護士の視線が私の手元に集まるものだからとても緊張した。

私は瑠璃川《るりかわ》美桜、二十四歳。

背は百六十センチで、細身、天然のオリーブベージュカラーの長い髪が私の自慢だ。目尻がキュッと上がった大きなブラウンの目が特徴的な私は、人からよく猫顔と言われるから、自分の顔はあまり好きではない。

日本四大財閥のひとつである瑠璃川財閥の社長令嬢で、現在は副社長をしている弟の仕事をサポートしている。

「書き間違えないでね」

横にいる正樹に注意され、少し狼狽《うろた》えながら返事をした。

「うっ、気をつけます」

髪を清潔感のあるツーブロックにしている弟は、顔は私と瓜ふたつだが、そそっかしくて向こう見ずな私と違い、冷静沈着で真面目な性格。

スーッと息を吸って心を落ち着かせると、書類を見据え、慎重に名前を書く。

署名捺印が終われば、弁護士が「では、この書類は私が役所に提出してきます」と婚姻届を手に取った。

「え？　慶史郎さんと私が提出するんじゃないんですか？」

弁護士の言葉に驚いて聞き返したら、事務的な口調で返された。

「慶史郎さまは仕事の都合で時間が取れないそうです。それと、結婚式は延期になりました」

思わぬ言葉を告げられて、頭が真っ白になる。

え？　延期？

「そ、それってどういうことですか？」

すぐに言葉が出てこない私の代わりに父が青ざめながら尋ねると、弁護士は機械的に答える。

「慶史郎さまが起こした会社が軌道に乗るまで式は挙げられないとのことです。ですが、慶史郎さまと美桜さまの新居の鍵を預かっております。麻布《あざぶ》にあるタワーマンションの鍵です」

弁護士からマンションの鍵を渡され、私はそれを宝物のようにギュッと握りしめた。

「あの……いつから住めますか？」

「もう明日から住めるそうです。では、私はこれで失礼します」

弁護士が一礼してリビングを後にする。

式が延期になったのは残念だけど、明日から慶史郎さんと一緒に生活できるかと思うと嬉しかった。

「まあ、婚姻届は提出するし、とりあえずひと安心というところかな。鷹司をせっついた甲斐があったな」

父と慶史郎さんのお父さまは家がライバル関係にあったけど、大学時代の親友らしい。この政略結婚も自分たちの子供を結婚させて鷹司と瑠璃川の結び付きを強固にし、世界の覇権を握るという親同士の思惑があって決まったものだ。

「ふーん、それで急に弁護士が来たってことは、鷹司家も痺れを切らしてたってことか」

父の話を聞いて、正樹が冷静に分析する。

「まあ、鷹司もずっと慶史郎くんに振り回されていたからな。美桜、式のことは慶史郎くんとよく相談しなさい」

父がホッとした顔でそう言えば、母も頬を緩めて私に目を向ける。

「これでようやく慶史郎さんに手料理を食べてもらえるわね」

「うん」と上機嫌で返事をする私を見て、正樹が小さく笑って祝いの言葉を口にした。

「式は延期になったけど、念願叶ってよかったね」

そう。慶史郎さんとの結婚は私の夢だった。

彼は私の初恋の人。

実は中学二年の時に足の手術を受ける私にお守りを渡して励ましてくれたのが慶史

郎さんだったのだ。

手術が成功し、お礼を言いたくてずっと彼を探していた。

でも、一年経ってもなかなか見つからず、諦めかけていたところ、彼との縁談の話が飛び込んできた。

相手は日本最大の財閥である鷹司家の御曹司。政略結婚なんか嫌で断ろうとしたのだけれど、相手の写真を見て驚いた。なぜならお守りをくれたあの超絶美形の高校生だったから。

『あのイブの出会いは運命だったのよ』と、大喜びして縁談にオーケーしたものの、入籍までの道のりは険しかった。

縁談が決まって初めての顔合せには慶史郎さんのご両親と妹しか現れず、結納も彼がアメリカに留学してしまって結納金と結納品などが鷹司家から送られてきただけ。

慶史郎さんは私より三つ年上の二十七歳。ずっとアメリカにいて向こうで起業し、この十二月に帰国したことを弟から聞かされて知った。

その三日後である今日、鷹司家の弁護士が突然婚姻届を持ってうちに現れたのだ。

婚約者として彼に一度も会ったことがないのに、婚姻届を出すというのもおかしな話だけど、彼は大学卒業後からセキュリティソフト会社『ＴＴ』のＣＥＯとして海外を飛び回る生活を送っているから仕方がないのかもしれない。

数年前、慶史郎さんに会いたくてアメリカに行ったが、彼は出張でイギリスに飛び立った後で行き違ってしまった。

その後もアメリカに行こうとしたけれど、『鷹司さんの予定がコロコロ変わるから行ってもムダだよ』と正樹に止められ、会えなくてずっと寂しい思いをしていたのだった。

だけど、これからは一緒にいられる。

「私、明日新居に引っ越すわ」

新婚生活の期待で胸が躍《おど》るのを自分でも感じながら、家族に宣言した。

次の日の午後、早速数日分の着替えなどをスーツケースに詰めてマンションへ。

受付にいるコンシェルジュに挨拶し、エレベーターで部屋へと向かう。私と慶史郎さんの新居は最上階の五十階だった。しかも、ワンフロアまるごと私たちの部屋でちょっと驚いた。

慶史郎さん、もういるかな?

鍵を使ってドアを開けると、玄関には靴が一足もなかった。

それを見てがっかりする自分がいたが、すぐに気持ちを切り替える。

十年も待ったんだもの。今日会えるなら、数時間待つくらい平気。

「お邪魔します」

靴を揃えて玄関を上がり、部屋を見て回る。

三十畳ほどの広いリビング、ゲストルーム、茶室、シアタールーム、書斎、トイレ、バスルーム……と見ていき、最後に寝室に入った。

二十畳ほどの部屋はホワイトとグレーを基調としていて、まるでモデルルームのようにスタイリッシュ。

「素敵。これって慶史郎さんの趣味かな？」

キングサイズの大きなベッドに慶史郎さんが横になっている姿を想像して、顔がにやけた。

「あっ、妄想してる場合じゃない。荷解きしないと」

スーツケースの中の服をクローゼットにしまい、キッチンに向かった。

ペニンシュラ型の白いキッチンは、開放的で清潔感がある。

業務用のような大きな冷蔵庫を開けると、野菜や肉、卵、乳製品などの食材が入っていた。

調理器具や調味料も揃っているし、これなら買い物に行かなくても料理ができる。

時刻は午後四時過ぎ。

「アメリカ生活が長かったから、和食がいいよね」

持ってきたエプロンをつけると、冷蔵庫から食材を出して料理を作っていく。

昔は全然料理なんてしなかったけれど、慶史郎さんとの婚約が決まった日から、花嫁修業をしてきた。ちなみに試食は何事も辛口評価の弟の正樹。最初は『人間の食べ物じゃないよ』とダメ出しされたけど、今は『これなら大丈夫じゃないの』と合格点をもらえるようになった。

肉じゃが、鮭としめじの炊き込みご飯、ふろふき大根、ほうれん草の胡麻和え、豆腐とわかめの味噌汁を作ると、隣のリビングにある白いソファに座る。

「フーッ、疲れた……あふぅ」

昨日は緊張でよく眠れなかったせいか、欠伸が出た。

「慶史郎さんはまだ現れないだろうし、ちょっとだけ休もう」

ソファに横になって目を閉じる。二十分ほど寝るつもりが、起きた時には空がすっかり暗くなっていた。

「え？　今、何時？」

キョロキョロしながら時計を探すと、リビングの壁に文字盤がないシルバーのおしゃれな掛け時計があった。

「嘘！　もう午後九時？」

寝過ぎた。慶史郎さんは？

ソファから起き上がり、リビングを出て彼の姿を捜すけれど、家の中は静かだし、玄関にも彼の靴はない。

「まだ現れない……か」

休日も仕事をしているのかな？

弁護士さんからもらった慶史郎さんの秘書の連絡先に電話をかけてみようとも思ったが、以前かけても《生憎《あいにく》、会議中で》とか言われて取り次いでもらえなかったのでやめた。

とにかく慶史郎さんと直接コンタクトを取るのは家族でも難しいそうで、それは鷹司家の事情も関係しているようだ。

実は慶史郎さんには三つ上の兄がいたのだけれど、十年前に亡くなったらしい。

それで彼が鷹司家の跡取りとなったのだが、将来のことでかなり親と揉めたとか。

私との結婚も最初は拒んだという話を彼の家族経由で聞いている。親との不仲もあって彼は渡米し、家族との連絡にも今は秘書を通しているそうだ。

そんな状態にもかかわらず、慶史郎さんは婚姻届を弁護士に持たせた。

今までことごとく約束をすっぽかされたけれど、少しは結婚に前向きになったんだと考えたい。

政略結婚だから嫌というのは理解できる。私も相手が慶史郎さんでなければ断っていただろう。

私の写真や釣書《つりがき》は彼に渡っていると思うが、私と病院で会ったことなんて忘れているに違いない。だから、会って最初にお守りのお礼を言いたいのだけど……。

そしたら、彼は私をちゃんと見てくれるんじゃないだろうか。

だけどその日、慶史郎さんは引っ越しては来なかった。


「あー、なんか慶史郎兄さんらしい。これは一生別居夫婦か、そのうち離婚ってパターンになるわよ」

親友の希美香《きみか》がコーヒーを飲みながら不吉な言葉を口にするものだから、ギョッとした。

「そんなの絶対に嫌。十年間ずっと思い続けて来たのよ。なにか方法はないの？」

希美香に涙目で訴える私に、正樹がソファのアームレストにダルそうに片肘をつきながら冷ややかな視線を向ける。

「朝一で呼び出したかと思えば、夫婦問題の相談？　そういうのは女ふたりでやってくれない？」

今、私は親友と弟を朝八時に呼び出し、副社長室で作戦会議をしていた。

「姉の一生の問題なのよ。正樹も一緒に考えてよ」

ギロッと鋭く弟を睨みつけると、ハーッと盛大な溜め息をつかれた。

「まあ、離婚なんてされたら、うちもダメージ大きいからね」

「私も義姉にするなら、美桜がいいわ。だってピュアで扱いやすいもの」

フフッと笑い、私を楽しげに見る希美香の発言に苦笑いする。

コンサバ系ミディアムヘアでカーキ色のワンピースをきた彼女は、鷹司希美香といって慶史郎さんの三つ下の妹で私の一番の親友。ズケズケとものを言うけれど、裏表がない性格で、私の相談にもいつも乗ってくれる。

慶史郎さんとの初顔合わせの日に彼の代理で来た彼女と対面し、会ったその日に意気投合した。

「こっちは真剣に悩んでるの。どうしたら慶史郎さんに会える？」

「実は、慶史郎兄さんの秘書に、どこでなら会えるか聞いたの。私の結婚のことで相談したいって。そしたら、兄さんの会社がある六本木《ろっぽんぎ》のビルのカフェでいつも朝食食べてるって」

彼女の話を聞き、思わず声をあげて聞き返す。

「それ、本当？」

「秘書情報だから間違いないわよ」

フッと微笑する彼女の手を両手で強く掴んだ。

「私、明日の朝、慶史郎さんに会いに行く」

「うん、うん、頑張れ、美桜」

どこか楽しげにエールを送る希美香に対し、正樹は無表情で釘を刺す。

「お願いだからいきなり鷹司さんに抱き着いたりしないでね。美桜は思ったまま行動するから」

「ど、努力します」

弟の注意にギクッとしながら、伏し目がちに返事をした。

ようやく旦那さまに会えました

「前髪よし、口紅よし」

手鏡で身だしなみをチェックすると、少し緊張しながらカフェに入った。

カウンターに行く前に、目だけ動かして慶史郎さんがいるか確認する。

希美香情報だけど、本当にいるのかは半信半疑だった。だって彼は多忙でよく予定が変わる。それで何度落胆してきたか。

だけど、奥のふたり掛けの席に彼がいた。

十年振りの再会なのに、ひと目見ただけでわかる。

なぜなら希美香から慶史郎さんの画像をいくつかもらっていたから。まあ彼女も彼に会っていないから、秘書から入手したらしいのだけど。

ストレートだったダークブラウンの髪は今は少しウェーブがかっていてどこか大人な雰囲気だが、端整なその甘いマスクは昔と変わらない。

リアルで見る慶史郎さん、とってもステキ。

うっとりとして眺めていたら、店員さんに「なにかお探しですか？」と声をかけられて、ハッとする。

「いえ、なんでもないです」

苦笑いしながら返して慌ててカウンターに行き、ミルクティーを注文。

トレーを受け取って、彼の左隣の席にさり気なく腰を下ろした。

いや、さり気ないとは言えないかもしれない。空いている席はいっぱいあったから。

チラッと慶史郎さんに目を向けると、彼はコーヒーを飲みながらタブレットを見ていた。

スーツ姿、カッコいい。

もうその姿だけで手を合わせて拝みたくなる。

隣に座っているんだもの。さすがに嫁だとわかるよね?

自分から声をかけてもいいけど、やはり彼に気づいてほしい。

あ〜、早く気づかないかな?

チラチラ慶史郎さんを見ていたけど、彼の目はタブレットを見据えたまま。

なんでこっちを見ないの？　お願い、こっちを見て。

念を送るように右側にいる慶史郎さんを見据えながら左手でミルクティーを口に運んだら、誤ってこぼしてしまった。

「熱いっ！」

手にミルクティーがかかって思わず叫んだけれど、すぐ我に返って慶史郎さんの方に目を向ける。

「大丈夫か？」

慶史郎さんが心配そうにこっちを見ていて目が合うが、想定外の事態のせいですぐに言葉が出てこなかった。

「……だ、大丈夫です」

小声でなんとかそれだけ言ったものの、頭は真っ白。

「手が赤くなってる。冷やさないと」

呆然としている私の腕を掴んで立たせ、すぐ近くにあるトイレに連れていく。

「え？　あの……」

戸惑いを見せる私に構わず、彼は手洗い場の水で火傷をした私の手を冷やした。

「放っておくと水ぶくれになるぞ」

「す、すみません。ありがとうございます」

彼に礼を言うが、声が若干震えてしまった。

しばらく流水で冷やしていると、彼がハンカチを出して私の手を拭う。

「これくらい冷やせば大丈夫だろう。痛むようなら薬を塗った方がいい」

落ち着いた声で告げる慶史郎さんをじっと見つめ、「はい」と小声で返事をする。

声も昔より大人っぽくなった。

それに、女嫌いだと希美香から聞いてはいたけれど、火傷の手当てをしてくれた。

そこは出会った時と変わらない。

本当に素敵な人――。

また彼に恋をしてしまった。

ジーッと慶史郎さんの顔を見ていたら、彼が不意に自分のハンカチを私に握らせた。

「お大事に」

紳士的な穏やかな目で微笑むと、慶史郎さんは私から離れ、トイレを出ていく。

彼と会話できた幸せに浸っていたら、ジャケットのポケットに入れておいたスマホがブルブルと震えた。

スマホを確認すると、希美香から【慶史郎兄さんに会えた?】とＬＩＮＥが来ている。

【会えたよ～。もう言葉にならない】

興奮状態で返事を送り、トイレを出ると、すでに慶史郎さんの姿は消えていた。

「う……そ。もうオフィス行っちゃった？」

一瞬呆然としたけれど、すぐに気を取り直し、自分もカフェを出てタクシーで会社へ。

真っ直ぐ副社長室に向かうと、執務デスクに座って書類を見ていた正樹がチラッと私を見た。

「今日は休むかと思ってたよ。夫には会えたの？」

「会えたよ。とっても素敵でもう見入っちゃった。それにね、手にミルクティーがかかった時も、冷やしてくれたの。すっごく優しいよね」

慶史郎さんに会えた喜びで一気に捲《まく》し立てる私とは対照的に、正樹は淡々と相槌を打つ。

「それはよかったね。で、夫婦の話し合いはできたの？」

「あっ」と正樹の質問に、間抜けな声をあげた。

火傷の手当てで当初の目的をすっかり忘れてた。

「一体なにしに行ったの？」

呆れ顔で正樹に言われ、苦笑いする。

「なにしに行ったんでしょうね」

あ〜、せっかくのチャンスだったのに、なにをやってるの！

その日の夜、再び希美香を呼び、例の如く弟を含めて三人で作戦会議をした。

「美桜を見て嫁だって気づかなかったってことは、慶史郎兄さん、見合い写真さえ見てない可能性があるわね。昔からモテて、しつこく言い寄られていたこともあって女性にうんざりしてたし、結婚も最初猛反対していたから」

希美香の推測を聞いて、肩を落としながらポツリと呟く。

「……病院で会ったことも忘れられてる」

火傷の手当てをしてもらって浮かれていたけど、慶史郎さんは私を見ても驚いた顔はしていなかった。

「十年前の出来事だし、あの頃美桜は校則厳しくて髪を黒に染めてたから仕方ないんじゃないの？　それにしても……なんで、毎回僕の執務室で作戦会議なわけ？」

不服そうに言ってくる正樹をキッと睨みつけた。

「男性の意見も聞きたいの！」

「もういい加減諦めたら？　相手は嫁の顔も知らないじゃないか。結婚までの経緯を考えると、美桜の存在を疎ましく思っている可能性がある」

「ずっと彼だけを思ってきたの。そんな簡単に諦められないよ」

一度だけ会った相手にどうしてそんなに執着するのか、弟には理解できないだろう。でも、たった一度の出会いでも、恋に落ちるには充分。その人で頭がいっぱいになるのだ。

「だったら、まずは美桜を知ってもらったら？」

正樹がやれやれと溜め息交じりの声で言えば、希美香がどこか企み顔で微笑んだ。

「それなら私にいい考えがあるわ」

その三日後――。

「岸本《きしもと》さん、慶史郎さん宛ての招待状、欠席で返事を出しておいてくれる？」

慶史郎さんの秘書の如月修《きさらぎおさむ》さんが私のデスクに大量の招待状を置くと、笑顔で返事をする。ここではボスである慶史郎さんのことを下の名前で呼ぶ。

「はい。わかりました」

如月さんは長身でショートのウルフヘアがよく似合っているイケメンだ。柔和な顔立ちで、誰にでも優しく、仕事も慶史郎さんの腹心だけあって有能。

今、私は慶史郎さんがＣＥＯをしているＴＴのオフィスにいた。

TTはこの十二月から本社をニューヨークから東京《とうきょう》の六本木に移転。東京オフィスの社員数は五十人と少ないが、皆慶史郎さんか如月さんのどちらかがヘッドハンティングしてきた精鋭ばかりで、有能な人材が集まっている。

『岸本』は私の母の旧姓。名前を偽っているけれど、希美香の口利きのお陰で短期間ではあるが如月さんの補佐として採用された。

慶史郎さんのそばで働いて、私を知ってもらおうという作戦だ。

カフェで彼に姿を見られているので、オフィスではメガネをつけ、髪もひとつに纏めて変装している。

カフェで会った女がオフィスにいたら、慶史郎さんが不審に思うだろう。

正体がバレれば、すぐにクビになるかもしれない。

まずは瑠璃川財閥の令嬢としてではなく、ただの美桜として私を見てもらわないと。

そのためには目の前の仕事をしっかりやらなければ。

弟のアシスタントの仕事の方は、希美香が私の代理をやってくれることになった。

最初は自分の仕事を投げ出すことに躊躇《ちゅうちょ》したのだけど、弟に『しばらく会社に出てこなくていい。今まで休みなく働いてきたんだから』と言われ、無理矢理休みを取らされたのだ。

仕事をしつつ、周囲の状況を確認する。

六本木のランドマーク的な高層ビルの四十階ワンフロア丸ごとがＴＴのオフィス。自分の個室があるのは、マネージャー以上の役職の人と秘書の如月さんだけ。

ちなみに秘書の如月さんは、慶史郎さんの大学時代の友人らしい。

リモートワークが多い会社のようで、ズラッと並んでいるデスクの半分は空席だ。

慶史郎さんの女嫌いが関係しているのか、私以外の女性社員は五十代の経理担当の人だけ。

背後からカツカツと靴音がして振り返ると、慶史郎さんがいて一瞬フリーズした。

と、突然現れないでほしい。心の準備ができていないんですけど。

「斎藤《さいとう》、官公庁のシステム構築の方どうなってる？」

慶史郎さんが私の斜め前の席にいる男性社員に気さくに話しかければ、相手の社員もニコッと笑って返す。

「今月中には話がまとまりそうですよ」

「そうか。うまくやれよ」

ご機嫌な様子で相槌を打つ慶史郎さんをじっと見ていたら、目が合ってしまいあたふたした。

どうしよう〜。カフェで会った女だってバレていないよね？

ハラハラしながら軽く会釈したら、彼が穏やかに微笑んだ。

「綺麗な字だな」

招待状の返信用のハガキに書いていた字を褒めてくれたので、嬉しくて笑みがこぼれた。

「そんなことないです。慶史郎さんの方が綺麗ですよ……あっ！」

謙遜してそんな言葉を返したが、すぐに失言だと気づいた。

「俺の方が綺麗？」

訝《いぶか》し気な顔をする彼に、しどろもどろになりながら言い返す。

「あの……その……想像というか」

婚姻届の文字を見たなんて言えない。

「想像……ね。君、妹の紹介らしいね。頑張って」

慶史郎さんはにっこりと私に微笑むと、そばにいる如月さんと話し出す。深く追及されなくて安堵した。

彼の目がキラリと光って見えたのは、多分オーラがすごいせいだろう。

慶史郎さんの周りだけキラキラ光ってる感じがする。

最近、バタバタしていて寝不足で食欲もなかったけど、彼の顔を見て癒やされた。

「もう招待状の返事、全部終わったんですね」

不意に如月さんに声をかけられ、元気よく返事をした。

「はい、他に仕事ありますか？」

彼に笑顔を作って尋ねると、Ａ４サイズの白い封筒を渡された。

「ええ。では、こちらの書類を防衛省に届けてもらえますか？　至急必要らしいので」

「わかりました」

そう返事をして、すぐにオフィスを出て最寄り駅に行き、地下鉄を使って防衛省へ向かう。

ひとりで電車に乗るのは中学以来かもしれない。

交通事故に遭ってから、親や弟に煩く言われてどこへ行くにも車で移動するようになった。ちなみに今朝の出勤もタクシー。でも今は私に煩《うるさ》く言う人はいない。

久々の電車を楽しみ、無事に防衛省に封筒を届けるが、会社に戻る途中で雷が鳴り、横殴りの激しい雨が降ってきた。

空に稲妻が走り、地響きのような大きな音を立てて雷がどこかに落ちる。

「キャッ！」

叫びながら駅に走って向かうと、五十メートルもいかないうちにびしょ濡れになった。

駅に着いてホッとするも、落雷による影響で地下鉄が止まっていて……。

「嘘でしょう？」

仕方なくタクシーを拾おうとするが、この状況では捕まらなかった。

如月さんに【書類無事に渡せました。電車が止まっているので戻るのが遅れます】と、メッセージを送るけれど、打ち合わせ中なのかすぐに既読にならない。

どこかカフェで雨が止むのを待つことも考えたが、サボってしまうようで気が引けたし、一刻も早く慶史郎さんのいるオフィスに戻りたかった。

とりあえず歩いて会社へ向かう。途中コンビニで傘を買ったけど、風が強くてさせなかった。

四十分ほどかけてようやく会社に着き、フーッと大きく息を吐く。

全身ずぶ濡れで、窓ガラスに映る自分の姿を見て笑ってしまった。

コートを脱ぎ、濡れた顔やブラウスをハンカチで拭きながらエレベーターに乗る。

ブルブル震えながらオフィスに入れば、ドンと誰かにぶつかった。

「すみません！」と謝って相手の顔を見ると、それは慶史郎さんで思わず大きく目を見開く。

「随分濡れたな。震えているじゃないか」

彼が着ていたジャケットを脱いで私にかけてきたので、慌てて止めた。

「いけません。ジャケットが濡れます」

「いいから」と慶史郎さんは構わず私にかけると、顔を近づけて声を潜めた。

「下着が透けてる」

一瞬なにを言われているのかわからなかったが、「その姿だとセクシーすぎて他の連中が仕事に集中できなくなるから」と言われてやっと気づく。

「お、お見苦しいものを見せてしまってすみません」

恥ずかしくて顔を赤くして謝ると、如月さんも現れて私をひと目見て「岸本さん、大丈夫ですか？」と血相を変えて声をかけてきた。

「雨が酷かったので、【急いで戻らなくてもいいですよ】とメッセージを打ったのですが、遅かったですね。すみません」

「いいえ。あの、書類は濡れずにちゃんと届けましたので」

ニコッと笑って報告するけど、寒くて歯がカチカチいう。そんな私を見て、慶史郎さんは如月さんに目を向けた。

「如月、車の手配頼む。彼女は早退させる」

如月さんがコクッと頷くが、私は慶史郎さんの言葉に戸惑いを隠せなかった。

「え？　早退って……あっ！」

早退の理由を聞こうとしたら、急に気分が悪くなって身体がふらつく。

「美桜！」

慶史郎さんの声が聞こえたけれど、幻聴だと思った。

だって、私を下の名前で呼ぶはずがない。

そんな考えが頭に浮かんだが、そこでブチッと記憶が途切れた。

妻が変装して俺の前に現れました ― 慶史郎 side

「じゃあ、僕はこれで帰るよ。必要なものは揃ってるけど、なにかあれば連絡して」

俺に声をかけてきた如月に、「ああ」と頷くと、彼は寝室を出ていった。

如月とはアメリカの大学が同じで、プライベートでもビジネスでも俺のよき相棒。

ＴＴも彼と起こした会社で、俺が心を許せる唯一の人間だ。

ここは俺が滞在しているホテルの寝室。新居として購入したマンションがあるが、そこには帰らずホテル暮らし。

俺の目の前にあるベッドには、岸本美桜……いや、鷹司美桜がいる。

彼女がオフィスで倒れた後、如月に手伝ってもらってここに運び、医者に診てもらった。

医者の診断は寝不足と栄養失調。あと、急に身体が冷えたのも倒れた原因のひとつだろうと言っていた。

「寝不足と栄養失調……か」

確かにメガネで気づかなかったが、ベッドで眠っている彼女の目の下には隈がある。

三日前にカフェで会った時はなかったし、その時は彼女が俺の妻だと認識していなかった。なぜなら、結婚が嫌で婚約者の写真すら見ていなかったから。

女嫌いというのもあったが、結婚を拒絶する一番の理由は父だ。高校生の時に突然鷹司家の後継者に指名され、婚約までさせられたのだから反発するのは当然。

俺は三兄妹の真ん中で、兄とも妹とも三歳差。兄とは母親が同じだが、妹は違う。兄と俺の母は、俺が一歳の時に癌で他界。それから半年も経たずに父は義母と再婚し、妹が生まれた。義母とは血が繋がっていないせいか、子供の時から疎まれていたように思う。

元々、鷹司家の跡取りは長男である兄だったけど、俺が高二の冬に癌で亡くなった。兄が闘病中にもかかわらず、父は次男の俺を後継者に指名し、高三の時には瑠璃川の令嬢との婚約を勝手に決めた。最初は拒否したが、父が『お前が瑠璃川の娘と結婚しないなら、希美香を瑠璃川の息子と結婚させる』と脅してきて渋々了承。義母とは不仲だったが、妹のことはかわいがっていたので、政略結婚なんてさせたくなかった。

俺の将来のことでも父や義母と意見が対立し、高校卒業後は家族と距離を取るためにアメリカに留学。起業してからはもっと徹底して、家族との連絡は如月を通すようになった。

父とはずっと冷戦状態。しかし、先月【もういい加減日本に戻って瑠璃川の娘と結婚しろ。従わなければ、どうなるかわかっているな？】と文書で脅してきた。

俺が戻らなければ、妹を駒として使う。

相変わらず唯我独尊《ゆいがどくそん》で独善的な父に呆れる。俺がアメリカに行っても全然懲りていない。だったら、そんな父を利用して、俺が世界の覇権を握ってやる。

父には俺が三十五歳までは自由にさせろと条件を出し、日本に戻って結婚した。

結婚と言っても書類上の関係だけ。相手の女性も鷹司の名前と金さえあれば、文句は言わないだろう。

苦労を知らないお嬢様なんてそんなものだ。

実際、俺に近づいてきた令嬢は皆俺の顔と地位と金にしか興味がなくて辟易《へきえき》していた。

岸本美桜が妻だとわかったのは今日。

きっかけはやはり三日前だった。

如月から妹が俺に会いにカフェに来るかもしれないと聞いていたので、いつものように奥の席に座り、コーヒーを飲んで待っていた。すると、長い髪の綺麗な女性が入ってきてカウンターで飲み物を注文した後、迷わず俺の隣の席に座った。

他に席がいくつも空いているのに、なぜ俺の隣？　たまたまか？

そんなことを思いつつタブレットを眺めていたら、横から強い視線を感じる。

チラッと目をやれば、彼女が琥珀色の瞳を輝かせて俺を見ていた。

長身で彫りが深い顔をしているせいか、女性に見られることに慣れてはいたが、ここまで露骨なのは初めて。

変な女だと俺の中で認定したその時、彼女が手に飲み物をこぼした。

『熱いっ！』と叫ぶが、すぐにハッとした表情になり、なぜか俺に目を向ける。

『大丈夫か？』

どこかポカンとした顔をした彼女は、『……だ、大丈夫です』と俺に告げるも、動く様子がない。

熱湯を手にこぼして大丈夫なはずがない。

そう思って俺が応急処置したが、彼女は自分の手よりも俺の顔を見ている。

本当に変な女。

とりあえずひどい火傷ではないことに安堵しつつ、『お大事に』と声をかけて彼女と別れる。

結局カフェに妹は現れなかったのだが、その日の夜また如月に《友人を兄の会社で雇ってほしい》とコンタクトを取ってきた。

無下《むげ》に断ることはせず受け入れると、やってきたのがカフェで会った変な女性だった。

メガネをかけ、髪をひとつにまとめて変装しているが、あまり意味はなかった。なぜなら彼女の綺麗な琥珀色の瞳は、メガネをしていてもキラキラしている。そう。カフェで見たあの瞳だ。たった三日で忘れるわけがない。

彼女とカフェで会ったのは偶然ではない。恐らく妹がなにか企んでいるのだろう。

一体なにが目的なのか。

岸本美桜にそれとなく声をかけるが、俺を誘惑するような様子はなく、真面目に仕事をしていた。

招待状の返事を書くという単純な作業だったけど、彼女は一文字一文字心を込めて書いている。それに、とても美しい字だった。

『綺麗な字だな』

字を褒めると、彼女がぱあっと花のように顔を明るくする。

『そんなことないです。慶史郎さんの方が綺麗ですよ……あっ』

『俺の方が綺麗？』
俺の字など見たこともないはずなのにな。
首を傾げて聞き返せば、彼女が激しく動揺した表情をする。
『あの……その……想像というか』
この慌て様。かなり怪しい。
『想像……ね。君、妹の紹介らしいね。頑張って』
にこやかにそう声をかけると、如月に彼女の素性を調べさせた。
俺の筆跡を知ってるのは如月くらいしかいない。
なのに彼女は俺の字を綺麗だと言う。
その言葉でパッと頭に浮かんだのは婚姻届のサイン。
それに彼女の下の名前は、俺が結婚した瑠璃川の社長令嬢と同じ美桜。
彼女は俺の妻なんじゃないのか？
如月が調べた結果、俺の予想は当たっていた。
なんのためにここに来た？
気が変わって俺と離婚したいなら、弁護士を通せばいいはず。
それにしても妹と妻が友人とはね。

如月の指示でお使いに出た妻が戻ってきたら詰問しようと思っていたのに、ずぶ濡れで帰ってきて予定が狂ってしまった。

普通あんなひどい雨が降ってたら、どこかで休むだろう？

お嬢様って呑気にティータイムを楽しむ生き物だと思っていた。

少なくともそんな令嬢しか俺の周りにはいなかった。でも、彼女は違う。

『随分濡れたな。震えているじゃないか』

自分のジャケットを彼女にかけたのは、もう黙って見てられなかったから。

なぜだろう。カフェで会った時もそうだが、ついつい目が離せなくて彼女に構ってしまう。

それに、婚約してから俺の女嫌いが悪化して、女性に触れられると蕁麻疹《じんましん》が出ることがあったが、彼女には自分から触れても平気だったし、嫌悪感を抱かなかった。

……変な女。でも、不思議な女でもある。

眠っている妻の顔をジーッと眺めていたら、彼女が目を覚ました。

「う～ん、正樹？」

違う男の名前が彼女の口から出てきて、なんとなくおもしろくなかった。

少し考えて、彼女の双子の弟と間違えたのだと思っても、なんだか胸がモヤッとする。

「気分は？」

ポーカーフェイスを装って声をかければ、彼女は勘違いに気づいたようで目を大きく見開いた。

「慶史郎……さん？　え？　私、夢でも見てる？」

いきなり起き上がって動揺する彼女の肩に、優しく手を置いた。

「倒れたんだから急に起き上がるな」

「あの……ご迷惑おかけしてすみません。ここは？」

「うちの会社の隣にあるホテル。オフィスに寝かせておくわけにもいかないだろ？」

「すみません。きっとお仕事の邪魔しちゃいましたね。あっ、メガネ⁉」

急にハッとした表情になって、彼女が青ざめる。

まあ変装がバレたのだから、そりゃあ青ざめるよな。

「ほら、これ。三日前にカフェで会ったな？　どうして俺の会社に来た？」

メガネを渡し、彼女が俺に近づいてきた理由を聞く。自分でもよくわからないが、もう妻だとバレていることは言わなかった。

「あなたにひと目惚れしたんです」

琥珀色の瞳が真っ直ぐに俺を見つめていたけれど、その言葉を受け入れられなかった。

「ひと目惚れ……ね。申し訳ないが、俺はそういうのは信じない」

拒絶するように返せば、彼女はとても傷ついた顔をする。

「信じてもらえなくてもいいです。あの……私、クビですか？」

君は俺の妻だろう？

その言葉を言えばこんな茶番はすぐに終わるのに、もっと彼女を見ていたくなって……。

「真面目に働いてくれるならクビにしない」

気づけば彼女にそう告げていた。

「岸本さん、倉庫に行って、慶史郎さんの私物を取ってきてもらえませんか？　段ボールに入っています」

資料作成をしていたら、如月さんに声をかけられた。

「はい、わかりました」

明るく返事をしてオフィスを出ると、廊下の突き当りにある倉庫へ――。

私が会社で倒れた日から一週間経った。

カフェで会ったことがバレてクビを覚悟していたのだけれど、まだ雇ってくれている。

変装していたのでちょっと変わった女と思われてはいるようだが、慶史郎さんに嫌われている様子はない。むしろ、彼の前で倒れたせいか、「朝食食べて来たか？」と毎朝食事の心配をされるようになったし、私の仕事を認めてくれたのか、美桜と下の名前で呼んでくれるようになった。

私、確実に慶史郎さんに近づいている。

フフッと笑みを浮かべ、社員証を倉庫の入り口の機械にかざしてドアを開けた。

倉庫にはコピー用紙やトナー、文房具、サーキュレーターなどが置かれている。

奥に段ボールを見つけると、【鷹司】とマジックで書かれていた。

これは多分慶史郎さんの字。

字さえも愛おしくて手でなぞっていたら、ドアを開けっぱなしにしていたせいか、慶史郎さんが私に気づいて入ってきた。

「美桜、ちょっと女性の意見が聞きたい。うちのCMで使うとしたら、どのタレントがいいと思う？」

慶史郎さんはドアを閉めると、五人の俳優の資料を私に見せる。

「それはもちろん、北條薫《ほうじょうかおる》です。美人でクレバーな女優さんですし、うちのセキュリティソフトのイメージにも合います。同じ女性として憧れますよ」

サッと目を通し、ニコッと笑って三十代の美人女優を指差すと、慶史郎さんが小さく相槌を打った。

「なるほどね。わかった。他の奴らと同じ意見だな」

「男性だけじゃなく女性にも人気ありますし、私も朝起きたら北條薫の顔になりたいって何度思ったか」

資料写真を見ながらそんな願望を口にしたら、意外な顔をされた。

「そんな綺麗な顔してるのに、他の顔になりたいのか？」

「え？　綺麗ですか？　猫顔で、子供っぽく見えて嫌なんですけど」

「その顔で文句言ってたら、全世界の女性から恨まれるぞ」

真顔で言われ、顔の熱がカーッと上がる。

「そ、そんなことないですよ」

火照った頬を押さえながら否定すると、突然パチッと倉庫の電気が消えた。

「え？　なに？」

真っ暗でなにも見えない。

ドアの方に行こうとしたらなにかにぶつかって転びそうになり、声をあげた。

「キャッ！」

「美桜！　暗いのに急に動くな」

慶史郎さんが抱きとめてくれて、慌てて彼に謝った。

「す、すみません」

倉庫には窓がないので、日の光も入ってこない。

「停電かもしれない」

落ち着いた声で彼が言うが、こう暗いと不安になって心臓がバクバクしてきた。

「ほら、こっちだ」

慶史郎さんがスーツのポケットからスマホを出し、そのライトで周囲を照らして、私をドアまでゆっくり誘導する。しかし、彼がドアノブに手をかけたけれど、開かなかった。

「ロックされてる。停電で設定がおかしくなったのかもしれない」

慶史郎さんの言葉を聞いて激しく動揺した。

「ええ⁉　それって、いつ出られるかわからないってことですか？　如月さんは？」

「お使いを頼んだから、すぐには戻って来ないかもしれないな」

慶史郎さんが如月さんに電話をかけるけど、繋がらない。他にも彼は連絡を取ろうとしたが、スマホを見つめ、溜め息交じりに言う。

「停電の上に、通信障害も起きてるようだ」

「そんなあ」

落胆せずにはいられない。私は暗所恐怖症なのだ。

「身体が震えてる。怖いのか？」

「暗いのが苦手で。真っ暗だと夜眠れないんです。昔、弟とかくれんぼして倉庫に隠れたら、閉じ込められちゃって」

「それは怖かったな。でも、今は俺もいる」

慶史郎さんがそっと私を抱きしめてきて、ドキッとした。

「慶史郎さん？」

「これなら怖くないだろ？」

彼が私の耳元で囁《ささや》くものだから落ち着かない。

身内以外の異性とこんなに身体が密着したのは初めてだ。

「……はい」

はにかみながら返事をして、彼の胸に手を当てた。

本当だ。もう、怖くない。でも、さっきとは違う意味で心臓の鼓動が速くなっている。

彼にもその音が聞かれているかも。

案の定、彼が「心臓の音がすごいな」と笑って突っ込んできた。

「だ、だってこんな暗闇で男性と抱き合うなんてないじゃないですか」

つっかえながらそんな言い訳をしたら、とんでもない質問をされた。

「恋人はいなかったのか？」

過去の男のことを夫に聞かれるとは思ってもみなかった。

「身内以外の異性と手を繋いだこともないです」

暗に過去に男はいなかったと誇らしげに言えば、彼がクスッと笑った。

「やけに自慢してくるな」

「私、一途な女なんです」

「つい最近、俺にひと目惚れしたって言わなかったか？」

意地悪く聞かれ、返答に困った。

中二の時からあなたが好きだと言えば、いろいろ追及され、妻というのがバレて仕事を辞めさせられるかもしれない。

「それはその……とにかく、今まで好きなった人はひとりしかいません」

慶史郎さん一筋だと真剣にアピールすると、彼がセクシーな声で「だったら試してみようか？」と私に囁いた。

試す？　なにを？

慶史郎さんに聞き返そうとしたら、彼が私をかき抱き、なにか柔らかなものが唇に触れた。

目と鼻の先に慶史郎さんの顔。

私……キスされてる？

スマホのライトがなかったら、なにが起こったかまったくわからなかっただろう。

驚く私に構わず、彼は私の下唇を甘噛みする。

それがなんとも心地よく感じて、キスに応えていたら、ガチャッとドアが開く音がした。

「慶史郎さん、岸本さん、ここでしたかって……ずいぶんとお楽しみだったみたいですね」

急に如月さんの声が聞こえて、ハッと我に返った。

「あっ……」

恥ずかしくてカーッと顔の熱が急上昇する私とは対照的に、慶史郎さんは小さく笑って抱擁を解く。

「ああ。お前が早く戻ってきて残念だ」

「停電だったのに呑気なものですね」

如月さんが呆れ顔で言うが、慶史郎さんは平然と返す。

「呑気とは失礼だな。暗闇で怯えてた彼女を宥《なだ》めていたんだ。それより頼んでいたものは？」

「準備できてますよ」

キスの衝撃が強すぎてふたりの会話についていけずボーッとしていたら、慶史郎さんにポンと肩を叩かれた。

「さあて、それじゃあそろそろ行こうか」

「え？」

わけがわからず慶史郎さんの顔を見据え、首を傾げた。


その日の夜、私は船上にいた。

「こちらで受付させていただきます」

船にやって来たゲストを笑顔で迎えると、招待状をチェックしてパンフレットを手渡す。

TTの本社移転のパーティーがこの船で行われるのだ。

当初私はオフィスでお留守番の予定だったのだけれど、受付に欠員が出て駆り出された。

招待客は三百名ほどで、どこぞの大企業のお偉いさんや芸能人が出席している。慶史郎さんが資料を見せてくれた北條薫も招待されていた。

全長三百六十メートルの豪華客船を貸し切り、東京湾をクルージングしながらのパーティーはとてもラグジュアリーで、日常を忘れてしまいそうだ。

「すっかりTTの社員が板についてるね」

招待客の対応に追われていたら、正樹が希美香を連れて目の前にいたものだから、少しビックリした。

「正樹も招待されてたんだ。一応義弟だもんね」

妻の私には特になにも連絡はなかった。名ばかりの妻に大きな顔をされたくないからかもしれない。

慶史郎さんや如月さんが近くにいないのを確認すると、声を潜めた。

「まだ妻だって気づかれてないの？　さすがにこのパーティーでバレるんじゃない？」

「正樹と違って私は普段あまりパーティーに出ないから、瑠璃川の令嬢と気づく人はいないわよ。いい、私の半径十メートル以内には近寄らないでね」

双子なので似た顔が並んでいたら、慶史郎さんに気づかれるかもしれない。

「無茶言うね。バレた時のために心の準備しておいた方がいいよ」

正樹が嫌なアドバイスをしてくれれば、希美香は明るく私を元気づける。

「美桜、頑張るのよ。あの女嫌いな兄さんの会社にいられるだけでも奇跡よ」

「うん、頑張る」

コクッと頷いてパンフレットを渡すと、ふたりはパーティー会場のホールへ向かった。

ホールの正面にはクリスマスが近いせいか、十メートルほどの大きなツリーが飾ってある。

「岸本さん、もうここはいいので、パーティーを楽しんできてください。美味しい料理もありますから」

入れ替わりに現れた如月さんが、ニコッと私に微笑んだ。

「あっ、はい」と返事をして、私もホールの方へ向かった。

すると、慶史郎さんの挨拶が終わったのか、皆ドリンクを片手に談笑している。

慶史郎さんの姿を捜すと、正樹や希美香と話をしていて、思わず柱の陰に隠れた。

会話の内容を知りたいが、正樹がいるから近づけない。

仕方なくソフトドリンクをチビチビ飲んで、慶史郎さんがひとりになるのを待つ。

考えるのはやはり慶史郎さんのこと。

どうして彼は私にキスしたのだろう。暗闇を怖がっていた私の気を逸らすため？

でも、それだけの理由でキスなんかする？

気づけばいつの間にか正樹たちとの会話が終わって、慶史郎さんがフリーになった。

近づいて声をかけようとしたら、北條薫がすかさず彼の肩に手をかけてなにやら話をしだす。

真っ赤なドレスに身を包んだ彼女は、とても綺麗でホールでも一際目立っていた。

シャープな顔立ちだけど、真っ赤なルージュが映えて大輪のバラのように美しい。

挨拶だけかと思っていたら、彼女はピッタリと慶史郎さんにくっついて話し込んでいた。

美男美女が一緒にいる姿は美しく、なにかの映画のワンシーンを見ているみたいだ。

相手が慶史郎さんでなければ、「お似合いのふたり」とはしゃいでいただろう。

彼の妻は私なのに……。

ズキンと胸が痛くなると同時に、ドス黒い感情が湧き上がってくる。

ああ……これが嫉妬。

慶史郎さんが彼女と楽しげに話をしているのを見て、胸が苦しかった。

今彼に声をかけて邪魔になるのは私。

見ているのも辛くなって、ホールの近くにあるバーへ向かう。

カウンターに座ると、サングリアを頼んで口に運んだ。

赤くて綺麗で、とても好きなお酒なのに、今夜は苦く感じる。
横の全面ガラス張りの窓からは、海が望めた。
招待客が集まっているホールと違い、バーには人が数人しかいなくてとても静かだ。
サングリアを一気に飲み干して、今度は別の飲み物を頼む。
「スクリュードライバーください」
すぐにテーブルに置かれたカクテルをまたひと口飲むが、全然美味しく感じない。
ハーッと溜め息をついて、じっと海を見つめる。
すると、ドンという音がして、大きな花火が上がった。
「わーっ」という人々の歓声が聞こえる。
ああ、如月さんが準備したって言ってたのは、花火のことだったんだ。
赤、青、緑といった色とりどりの花火が夜空を彩る。
綺麗だけど、見ていると胸がズキズキと痛くなってきた。
このカクテルを飲んだら、如月さんに一言言って帰ろう。
カクテルを口に運ぼうとしたら、誰かが隣に座った。
「花火、デッキで見ないのか？」
それは慶史郎さんの声。

彼が隣にいることに驚きつつも、グラスを見据えたまま答える。

「私はTTの従業員ですから」

「でも、お酒飲んでないか？」

そのつっこみに思わず彼に目を向け、強く言い返した。

「慶史郎さんこそ、女優さんと仲良く楽しんでいたじゃないですか？」

「妬いてるのか？　美桜が勧める女優だから蕁麻疹出るのも我慢して話に付き合ってただけだ」

慶史郎さんの話を聞いても信じられなくて、心の声が自然と漏れる。

「う……そ」

「本当。美桜が俺を救出してくれるんじゃないかって期待してたんだが、来ないからこうして捜しにきた」

彼が手を伸ばして私の頬に触れてくる。その手はとても温かい。

「蕁麻疹が出るんじゃないんですか？」

「美桜だと出ないんだ。キスした時も出なかったし。なんでだろうな？」

おもしろそうにそんな質問をされても困る。

「知りません。私を実験に使わないでください」

「使ってない。ただ、美桜を見ると触れたくなるんだ」

「誰にでも言ってませんか？」

さっきの北條薫と一緒にいた姿が脳裏に焼きついていて、ついツンケンした態度を取ってしまう。

「疑り深いな。この花火だって美桜が喜ぶかと思って用意させたんだ。仕事頑張ってたから」

「本当に？」

私のために用意してくれたのなら嬉しい。

「ああ。お酒、飲みすぎたんじゃないのか？　目がトロンとしてる」

「そ、そんなことありません」

強く否定して椅子から立とうとしたら、よろけてしまった。

「危ない！　ほら酔ってる。部屋で休もう」

転びそうになった私を抱きとめ、彼は軽々と抱き上げる。

「こ、こんなの恥ずかしいです。それに、主役が抜けていいんですか？」

「みんな花火に夢中だし、あとは締めの挨拶だけ。それも俺がいなければ如月が対応するさ」

フッと笑う彼に連れていかれたのは、バルコニー付きの最上級のスイートルーム。船なのに新居のマンションくらい広くて、寝室も大きなベッドが置かれていて豪華だ。

黒と白を基調としたシックな部屋で開放感があり、花火も見える。

「ここで休んでいろ。水を取ってくるから」

私をベッドに下ろし、飲み物を取りに行こうとする慶史郎さんの腕を咄嗟に掴んだ。

「行かないで」

「美桜？」

少し驚いた表情で私を見つめる彼に、思い切って伝える。

「わ……私を抱いてくれませんか？」

これは千載一遇のチャンスだ。ここで彼に抱かれなければ、そのうち離婚されてしまうかも。

ＴＴにだってずっといられるわけではない。

予定では仕事納めまでいて、元の仕事に戻ることになっている。

明日から慶史郎さんは如月さんとイギリス出張だし、私には時間がない。

それに、北條薫や他の女性に彼を奪われたくなかった。

軽い女だと思われるかもしれない。でも、いろんな不安や感情がごちゃ混ぜになって、言わずにはいられなかった。

私の心を探るかのように、彼はなにも言葉を返さずじっと見つめてくる。

この沈黙が怖くて、再び彼に訴えた。

「あなたが好きなんです」

拒絶されるかもしれない。

そしたら、私は慶史郎さんの前から消えるしかない。

どうか私の願いを聞いて。

心臓の鼓動が速くなるのを感じながら彼の答えを待つ。

「こんなに胸に響いた誘惑は初めてだ」

熱い目でそう告げたかと思ったら、慶史郎さんが私の顎を掴んで口づけた。

「誘惑なんてしてません。玉砕覚悟で告白してるんです」

彼の言葉を訂正すると、クスッと笑われた。

「玉砕されては困る。お前だけだよ。自分から触れたくなったのは」

脳が蕩けそうなほど甘い声で言われて、どこか夢見心地になる。

慶史郎さんは私の服を脱がすと、自分の服も脱ぎ捨てて、覆い被さってきた。

ドンと花火が上がる音が遠く聞こえる。
彼がキスをしながら私の身体を愛撫してきて、もうなにも考えられなくなった。
これは夢かもしれない。
極上に甘い夢――。
肌と肌が触れ合い、互いの体温で身体が熱くなる。
「ああ……ん」
彼の与える快感にたまらず声をあげた。
「美桜」
彼が愛おしげに私の名前を呼ぶ。
彼の吐息を直接肌で感じる幸せ。
吐息だけじゃない。
今は彼のすべてに触れられる。
慶史郎さんに胸を揉みしだかれながら彼の髪を弄った。
お酒のせいか、自分でも信じられないくらい激しく乱れて……。
そして、私たちは身体を重ねた。

妻が消えました ― 慶史郎side

ブルル、ブルルとスマホのバイブ音が聞こえてハッと目が覚めた。

床に落ちているジャケットを掴んでポケットからスマホを出すと、彼からメッセージが来ていた。

「如月か？」

【そろそろ準備をしておいてください。飛行機の時間がありますから】

如月には美桜と愛し合った後、彼女と部屋にいると連絡を入れておいたのだ。

【了解】と素早く返事をすると、俺の横でぐっすり眠っている美桜に目を向けた。

あどけないその寝顔を見て、自然と笑みがこぼれる。

ずっと前から知っているような感じがするのは気のせいだろうか。

化粧をしてなくても、綺麗なドレスを着てなくても、心から美しいと思える女性。

カフェで会った時からなぜか惹きつけられて、気づいたらずっと美桜を目で追っていた。

彼女が一生懸命仕事をする姿を見て、周りもいい刺激を受け、仕事に集中している。

たまになにもないところでコケたりとそそっかしいが、それも美桜の魅力というか、彼女と同じ空間にいるだけで癒やされるのだ。

会合があって疲れて戻ってきた時に彼女の顔を見ると、ホッとする自分がいて……。

『自覚してますか？　すっごく甘い目してますよ』と如月にからかわれることが増えた。

倉庫で彼女にキスしたのも、触れずにはいられなかったから。

流石に思い知らされた。

俺は美桜が好きなんだと――。

だからパーティーが終わった後、ちゃんと話をしなければと考えていた。

彼女は俺の妻なのだから。

パーティーに招待した彼女の双子の弟も、俺の顔を見るなりチクリと嫌味を言ってきた。

『招待ありがとうございます。義兄《にい》さんと呼んでいいんでしょうか？』

俺と美桜が書類だけの夫婦であることを彼は知っているはず。

『ああ』と返事をすれば、彼は鋭い視線を俺に向けてくる。

『もう気づいているんでしょう？　姉のこと』

『ああ。知ってる』

嘘をついても無駄だと思った。

『あなたと婚約した時から、美桜はあなたに相応しい女性になるために頑張ってきました。料理だって自分の手が傷だらけになるほど練習したんです』

カフェで火傷の応急処置をした時、やけに傷だらけの手だと思った。それは俺のためだったのか。

『姉を泣かせたら許しませんよ』

美桜の弟がそう冷ややかに告げると、彼の横にいた妹も『兄さん、美桜はとってもいい子よ』と笑顔で言って、ふたりは俺の前から立ち去った。

言われなくてもわかっている。

美桜を見つけて話をしようとしたら、女優の北條薫に捕まった。

『鷹司さん、今日はお招きいただき、ありがとうございます』

『あなたのような華やかな女優さんに来ていただけて嬉しく思いますよ』

ＣＭのことも考えてにこやかに対応すると、いつも俺に群がってくる女と同様に馴れ馴れしく触れてくる。

美桜のお勧めだったけど、採用するのはやめた方がよさそうだ。

北條薫を適当にあしらい、美桜の姿を捜すが、ホールにもデッキにもいない。

せっかく花火も用意したのに、どこに行ったのか？

再度ホールの近くを捜し回っていたら、ホールの横にあるバーのカウンターにいる彼女を見つけた。

どこか落ち込んだ顔をしている美桜の横に座り、声をかける。

『花火、デッキで見ないのか？』

せっかく喜ばせようと思ったのに、彼女はご機嫌斜め。

『慶史郎さんこそ、女優さんと仲良く楽しんでいたじゃないですか？』

不機嫌な理由が北條薫だと知って、美桜がかわいく思えた。

『妬いてるのか？　美桜が勧める女優だから蕁麻疹出るのも我慢して話に付き合ってただけだ』

俺が女優といたから、ひとりやさぐれてたわけか。

大事な話もあったので、酔った美桜を部屋で休ませようとしたら、彼女に迫られた。

『わ……私を抱いてくれませんか？』

あまりにも想定外のことを言われてすぐに言葉を返せなかった俺に、彼女は今にも泣きそうな声で言う。

『あなたが好きなんです』

彼女が俺に告白するのは初めてではない。最初言われた時は半信半疑だった。それでも、女嫌いだった俺の考えを変えるきっかけにはなった。

そして、今の彼女の告白に、心を鷲掴みにされた。

純粋な美桜の思い――。

ここまで思われて拒絶できる男なんていない。

『こんなに胸に響いた誘惑は初めてだ』

話をするはずが、彼女を抱いて夜を明かした。

夫婦なのに、夫婦じゃない振りをして愛し合って……。

俺たちのいびつな関係。誤ってしまったのは俺だ。

時が戻せるなら、婚約当初からやり直したい。

「今まで悪かった」

眠ってる美桜に謝って、彼女の唇にキスを落とす。

こんな大事な時に美桜を置いて海外出張に行かなければならないのが恨めしかった。

美桜を起こさぬようそっとベッドを出ると、彼女にメモを書いた。

【俺が戻ったらちゃんと話をしよう】

ベッドサイドのテーブルにメモを置き、ある考えが浮かんで彼女の指のサイズを測る。

細いその指に俺がプレゼントした指輪をはめたい。

フッと笑みを浮かべ、身支度を整えて部屋を出ると、如月がいた。

「今、部屋のインターホンを鳴らそうと思ったところです。岸本さ……美桜さんは？」

「疲れて寝てる」

淡々と答えれば、如月が遠慮なく突っ込んできた。

「要するに抱き潰したんですね」

事実であるだけに、彼の言葉が耳に痛い。

「煩い」

ムスッと返すと、彼が急に真剣な顔で尋ねてきた。

「本当は一緒に連れて行きたかったのでは？」

「仕事だから仕方がない。妻が起きたら、朝食と服の用意を。あと、スタッフに自宅まで送り届けるよう伝えてくれ」

俺の口から『妻』という言葉を聞いて、如月が満足げに返事をする。

「わかりました」

それから三日後――。

「あら、鷹司さん、奇遇ですね。こんなところでお会いするなんて」

商談を終え、美桜の指輪を買った後、ロンドンのホテルのレストランで如月と食事をしていたら、北條薫に声をかけられた。

「ええ、本当に。なにかの撮影でいらしたんですか？」

彼女の隣にはマネージャーがいる。

「そうなんです。来年公開の映画の撮影をロンドンでしていまして。あの……ご一緒させていただいてもいいですか？」

「申し訳ないのですが、仕事の打ち合わせを兼ねて食事をしているもので。映画の撮影頑張ってください」

ニコッと微笑むと、話は終わりだとばかりに如月に目を向けた。

北條薫はほんの一瞬悔しそうに顔を歪めたが、すぐに完璧な微笑を浮かべ、「鷹司さんもお仕事頑張ってください」と言って去っていく。

「俺がここに泊まってるのを聞きつけてやってきたか？」

声を潜めて俺がそう言えば、如月が真剣な面持ちで警告した。

「その可能性はありますね。彼女には気をつけてください」

その後も度々北條薫とホテルですれ違った。

挨拶を交わす程度だったが、マスコミに写真を撮られたようで……。

【北條薫　有名御曹司と密会】とネットのニュースになり、俺と北條薫がホテルのロビーで挨拶を交わす写真が載っていた。俺の顔にはモザイクがかけられていたが、知り合いが見ればひと目で俺だとわかるだろう。

「やられましたね」

ネットのニュースを見て苦く呟く如月の言葉に、小さく相槌を打つ。

「ああ。マスコミには俺は北條薫とはまったく関係がないとコメントを頼む。彼女の所属事務所にも強く抗議しておいてくれ。また彼女が俺に近づいてきたら、潰すと言えば引くだろう。まあ仕事上のダメージはないが、美桜にはちゃんと説明しないと」

俺と北條薫のニュースを目にして不安に思っているはず。

すぐに美桜に連絡を取ろうとしたが、電話も繋がらず、メッセージも送っても既読さえつかない。

会社も休日で連絡が取れなくて、仕事を急いで済ませて予定より一日早く二十四日に帰国。

そのまま真っ直ぐオフィスに向かうと、総務担当の社員に彼女の退職届を渡された。

だが名前は岸本美桜ではなく、鷹司美桜と書かれていて、彼女が会社だけではなく俺の人生からも消えようとしているのがわかった。

「慶史郎、すぐに自宅に行きましょう」

如月が珍しく俺の名前を呼び捨てにして、車を手配する。

車の中で退職届を確認すると、【一身上の都合により、勝手ながら退職いたします】とお決まりの文面が書かれていた。

美桜に電話をかけるが、やはり彼女は出ない。

車が自宅のマンション前に着くと、走って部屋に向かい、玄関のドアを勢いよく開けた。

「美桜！」

名前を呼んでも返事はなく、彼女の靴もない。

念のため玄関を上がって彼女を捜すと、リビングのテーブルの上に離婚届、それとお守りが置かれていた。離婚届にはすでに彼女のサインがしてあったが、涙で濡れたのか、書類が若干ふやけていた。

お守りはよくよく見ると、見覚えがあって……。

「これは、俺が足を怪我した女の子にあげたお守り……」

美桜はあの時の少女だったのか。そういえば、彼女を抱いた時、膝に手術痕があったっけ。

お守りを手に取り、ギュッと握りしめた。

旦那さまからプロポーズされました

目を開けると、ベッドには私しかいなかった。

「う……ん」

「慶史郎さんは？」

ムクッと起き上がって部屋を見回すが、彼の姿はない。

もう空港に行ってしまったのね。慶史郎さんがいないのは寂しいけど、仕事なのだから仕方がない。

ベッド脇に置かれたデジタル時計に目をやると、午前九時六分と表示されている。

すいぶん寝てしまった。

昨夜、私は慶史郎さんに初めて抱かれた。

まるで夢のような一夜でベッドサイドに置かれたメモを見つけなければ、私の妄想だと思っただろう。

【俺が戻ったらちゃんと話をしよう】

話ってなんだろう。私の思いが慶史郎さんに通じたかな。

豪華客船のバーでヤケ酒を飲んでいた時は、まさか彼と一夜を共にするとは思ってもみなかった。

彼が帰国したら、私が瑠璃川美桜……ううん、鷹司美桜だと話そう。

ずっと内緒にしてたけど、彼なら許してくれるはずだ。

シャワーを浴びて朝食を済ませると、船のスタッフが車で自宅まで送ってくれた。

彼が戻ってきたら、今度こそここで新婚生活が始まる。

「慶史郎さん、早く帰ってこないかな」

ひとり浮かれて頭の中で彼の帰宅をイメージする。

「ただいま」って帰ってきた彼を「お帰りなさい」って迎えて、それで一緒に私の作った夕飯を食べて、その日あった出来事を話して……ああ〜、待ち遠しい。

プライベートで嬉しいことがあると、仕事も頑張れるもの。

少しでも慶史郎さんの役に立ちたいと思って、如月さんに頼まれたもの以外の仕事もこなした。

今日も仕事を頑張ろうと出勤したら、私の席の近くにいた社員が数名「これ、どう見ても慶史郎さんだよな？」と騒いでいる。

「どうしたんですか？」

気になって尋ねたら、社員のひとりが私にスマホの画面を見せてくれた。

その衝撃的な画像を見て、瞳が凍る。

それはネットの芸能ニュース。

【北條薫　有名御曹司とロンドンで密会】という見出しで記事が書かれていて、ホテルのロビーで慶史郎さんとおぼしき男性と女優の北條薫が微笑み合っている。

男性の顔にモザイクがかかっていたが、これは絶対に慶史郎さんだ。

「う……そ」

思わずそう呟く私を見て、社員が同情するように言う。

「慶史郎さんイケメンだし、岸本さんもやっぱ慶史郎さん推しだった？　ショックだよね。あ～、俺も北條薫好きだったのになあ」

あまりに精神的ダメージが強くて、なにも言葉を返せなかった。

慶史郎さんが北條薫と密会……。

仕事をなんとか終わらせて帰宅するが、しばらく放心して動けなかった。

ソファに座っていたら、スマホに慶史郎さんから電話がかかってきてビクッとする。

北條薫とのことがニュースになったからかけてきたのだろうか。

でも、彼の口からは聞きたくない。

電話に出ずにしばらくじっとしていると、着信音は止まった。メッセージも届いたが、見る勇気もなくて放置する。

わざわざ説明しなくてもわかってる。私は……彼にとってどうでもいい女。

慶史郎さんに愛されていると思っていたけれど、そうではなかった。

だって、彼に「好きだ」とは言われなかったもの。

私が抱いてくれとせがんだから、抱いただけ。

女嫌いではなくて、本当は女たらしなのかもしれない。

話があるというのも、私が期待するような話ではないのだろう。

「私って……馬鹿だ」

もうどんなに頑張っても、彼が私を愛してくれることはない。

時計を見ると、いつの間にか午前零時を回っていた。

——十二月二十四日。

十年前の今日……あの人と出会ったのに、最悪な日になりそうだ。

年末まで働くつもりだったけれど、ＴＴから早くいなくなった方がいいだろう。

関係を持った女性が自分の会社にいるなんて嫌に決まってる。しかも、それは仕方なく結婚した妻なのだから。

すぐに退職届を用意したが、岸本の名前は使わなかった。

【鷹司美桜】という名前で書いた便箋を見て、胸が苦しくなる。

これで私が妻とわかるはず。彼は驚くだろうか？

ううん、今となってはそんなことどうでもいい。

考えてみたら、慶史郎さんは妻の私がいるのに、船で私を抱いた。

自分でも馬鹿なことをしたと思う。

「旦那さまに失恋しちゃった。彼は妻なんかいらないんだよね」

涙がポトッと自分の手に落ちる。

それからとめどなく涙がこぼれて、泣き続けた。

結局、一睡もせずに朝一番に会社の総務担当の社員に退職届を預け、慶史郎さんに渡してくれるよう言付ける。

会社を出てその足で役所に向かい、離婚届をもらった。

まさか婚姻届を書いて一カ月も経たないうちに離婚届を見るとは思わなかったな。

自宅に戻って離婚届を書くが、昨夜あれだけ泣いたのにまた涙がポロポロこぼれてとまらない。書類にも涙が落ちて……。

「もっとたくさん離婚届もらってくればよかった」

自分の名前と住所を書いて捺印するだけだったのに、三十分くらい時間がかかった。

勝手に離婚して父は怒るだろう。家を勘当されるかもしれない。

父にとって私は瑠璃川を大きくするための道具でしかないもの。

正樹にも迷惑かかっちゃうだろうな。

ごめんなさい。私なりに頑張ってきたけれど、慶史郎さんとの結婚はうまくいかなかったよ。ううん、始まってすらいないか。

神さまって意地悪だ。ずっと彼に相応しい女になるんだって努力してきたのに……。

私の頑張りが足りなかったのかな。

離婚届をリビングのテーブルに置くと、次にいつもバッグに入れておいたお守りを手に取り、ギュッと握りしめた。

「今まで私を守ってくれてありがとう。また彼を守ってあげて」

お守りもテーブルに置いたけど、メモは書かなかった。

離婚届とお守りを見るだけで彼はわかるはず。

とりあえず、自分の服や化粧品をスーツケースに詰め、マンションを出た。

でも、どこに行けばいいのかわからない。

エントランスの前でしばし途方に暮れた。

実家には帰れない。かと言って、希美香のところにも行けない。

面倒見のいい彼女は、私の話を聞いたら慶史郎さんを責めてしまうだろう。

どこにも行けない。どこかないの？

頭に浮かぶのは、慶史郎さんに抱かれたあの客船。

失恋しても彼を思ってしまうなんて未練がましい女だと自分でも思う。客船だってもう停泊していないだろう。

それでも、行かずにはいられなかった。通りかかったタクシーを捕まえ、運転手に告げる。

「東京港までお願いします」

いつの間にか日が暮れて暗くなっていた。

車が走り出し、窓の外に目を向ける。

クリスマスの飾りがあちこちにあって、電飾がキラキラ光っていた。

綺麗と思うと同時に悲しくなる。

東京港に着くと、支払いをすませてタクシーを降りた。

ただ海しか見えないと思ったのに、目の前には慶史郎さんと一夜を共にしたあの客船が停泊している。

なにか運命的なものを感じた。

あの船に乗りたい。あそこで今後のことをじっくり考えよう。

客船に近づくと、クルーが私の顔を覚えていて、難なく乗船できた。

多分、鷹司の関係者だと知られていたからだろう。

なにも言わないのに、慶史郎さんと泊まった豪華スイートに案内された。

スーツケースを置くと、あのバーへ――。

バーテンダーに頼んだのは、カクテルではなくてシャンパン。

慶史郎さんと初めて会った時に、いつか一緒にお祝いしようって約束したからずっとシャンパンを飲むのは避けていた。

でも、もう彼と飲む機会なんてないもの。

シャンパンがテーブルに置かれると、グラスをゆっくりと手に取った。

「失恋に乾杯」

苦く呟きながらグラスを見つめ、口に運ぼうとしたら、誰かが隣の席に座った。

「勝手にひとりで変な乾杯するなよ」

それは慶史郎さんの声。

彼が帰国するのは明日のはず。失恋で悲し過ぎて私の耳がおかしくなったのかもしれない。

心を落ち着けようと、前を見据えたまま大きく息をする。すると、また彼の声が聞こえた。

「美桜、こっちを見てくれ」

どこか懇願するようなその声に胸が痛くなって、恐る恐る隣に目を向ける。

「う……そ。明日帰国予定だったはず」

慶史郎さんが座っていて、心臓がおかしくなりそうだった。

「予定を早めて帰ってきた。会社は辞めてたし、自宅にもいないから、多分ここじゃないかと思って来てみればビンゴだった。俺の話を聞いてくれ」

彼は私の手からグラスを奪うと、テーブルに置いた。

「嫌！」

慶史郎さんの話なんか聞きたくなくて席を立とうとしたら、彼に腕を掴まれた。

「逃げるな。頼むから話を聞いてくれ」

慶史郎さんが真摯な目で言うものだから、逆らえなくて椅子に座り直す。

「まず、芸能ニュースを見たと思うが、北條薫とはなんでもない」

彼がはっきりと北條薫との関係を否定するが、あのツーショット写真を見てしまっては信じがたかった。

「でも……ロンドンで同じホテルにいたでしょう？」

「それはただの偶然だ。彼女は撮影で来てただけ。写真には映ってなかったが、あの写真を撮られた時、如月も一緒にいた。俺の言うことが信じられないなら、彼に確認してもいい」

ここまで言うなら、北條薫とは恋人ではないのだろうか？

「本当に？」

「嘘は言わない。それと、婚約してからずっと美桜を避けていて悪かった。実は美桜が俺の妻だというのは、美桜がオフィスで倒れた日には知っていた」

慶史郎さんの話を聞いても、あまり驚きはしなかった。

今考えると、この船から自宅に送迎してもらった時、私は住所を伝えていなかった。

それはつまり、慶史郎さんが私の正体に気づいていたということ。

そういえば、私を下の名前で呼び始めたのも、倒れた後からだった。

彼は他にも鷹司家の跡取りだった兄が闘病中に自分が父親から後継者に指名され、半ば脅される形で私と婚約したことや仲違いした父親や昔から関係が悪かった義母と距離を取るために渡米したこと、自分の容姿や金目当てで言い寄ってくる女性に辟易して女嫌いになったことなどを包み隠さず話してくれた。

「私が瑠璃川の娘と知っても会社をクビにしなかったのはどうしてですか？」

不思議に思って尋ねたら、彼はスーツのポケットから私が置いていったお守りを取り出した。

「美桜をもっと知りたかった。カフェで再会したあの日から惹かれていたんだと思う。まさか十年前にお守りをあげた少女が、妻だなんて思わなかったが」

お守りを見せて私に微笑む彼を見て、胸に温かいものが込み上げてきた。

「病院で会った時からずっと好きだったんです。お守りのお陰で手術も成功しました」

「役に立ってよかったよ。それで、俺が帰国してからしたかった話は……」

慶史郎さんはそう言葉を切ると、スーツのポケットから今度は深緑の小箱を出し、中から指輪を取り出した。

それは、挟み留めタイプのひと粒ダイヤの指輪。

シンプルなデザインながらもエレガントな感じで、ひと目見て気に入った。

「お前を愛してる。俺の妻になってほしい」

彼が私の左手の薬指に指輪をはめて、プロポーズする。

「慶史郎さん……」

感動で胸がいっぱいだった。

プロポーズされるのはずっと憧れていたけれど、私たちは政略結婚だからと諦めていたから余計に嬉しい。

「ちゃんと言葉にしてプロポーズしたかったんだ。で、返事は？」

「……はい。慶史郎さんの妻にしてください」

泣きながら返事をして慶史郎さんに抱きついたら、彼が私にそっと口づけた。

すると、周囲から拍手が沸き起こって……。

「おめでとう！」

いつの間にかギャラリーに囲まれていて、みんながお祝いの言葉を口にする。

恥ずかしくて頬を赤くする私を楽しげに見ると、彼はギャラリーに目を向け、「ありがとう」と微笑んだ。

バーテンダーが私と慶史郎さんにシャンパンを出してくれて、グラスを手に取る。

「遅れたけど、手術成功のお祝い。それと、俺たちの結婚に乾杯」

彼が茶目っ気たっぷりに言ってグラスを重ねてきて、私も「乾杯」ととびきりの笑顔で返してシャンパンを口にする。

十年待ったシャンパンはとても美味しかった。

バーでお祝いした後は、また彼に抱き上げられてあのスイートルームへ移動する。

ベッドに降ろした私に、彼はスーツの内ポケットから出した離婚届を見せた。

「これは必要ないな」

フッと笑って私の前で書類を破り捨てると、彼もベッドに上がった。

ジャケットを脱ぎ捨て、ネクタイを外し、彼は私をギュッと抱きしめる。

「イギリスにいた時からずっとこうしたかった」

「抱きしめるだけでいいんですか？」

クスッと笑って確認すれば、彼は私の耳元で囁くように言った。

「今夜はな。これからずっと一緒にいるんだから」

「私は……慶史郎さんに抱いてほしいです。クリスマスプレゼントとして、慶史郎さんをくれませんか？」

思い切ってそんなお願いをしたら、彼がハッと驚いた顔をしたが、すぐに私を見つめてきた。

「もうとっくに俺はお前のものだよ」

蕩けそうなほど極上に甘い声で告げて、彼は私にキスをする。

それからお互いに服を脱がせ合って、肌を重ねた。

「美桜」

慶史郎さんに何度も名前を呼ばれて、激しく抱き合って……。

女として、妻として彼に愛された。こんなに幸せなことはない。

最悪だったはずのイブは、人生最高のものになった。


それから時が流れて一年後のクリスマスイブ。

「あっ、帰ってきた」

玄関のドアがガチャッと開く音がして、ソファからゆっくりと立ち上がる。玄関へ向かうと、愛しの旦那さまに声をかけた。

「お帰りなさい」

「こら、玄関まで出てこなくていいって言っただろ？　もう臨月なんだから」

慶史郎さんが私を見て、顔を顰《しか》めながら注意する。

彼にプロポーズされた次の日、私たちは客船のチャペルで式を挙げた。

クリスマスの明日が本当の意味での私たちの結婚記念日。慶史郎さんも休みを取ってくれたので、ふたりで家でゆっくりするつもりだ。

今、私は慶史郎さんの子供を妊娠していて、年明けに出産予定。

彼との結婚生活は楽しくて、幸せな日々を送っている。

「適度な運動は必要ですよ」と反論したら、慶史郎さんが私の腕を掴んでチュッとキスをした。

「転ぶんじゃないかと思って心配なんだよ」

「気をつけます。もうパパになる心の準備はできました？」

フフッと笑いながらそんな質問をすれば、彼がとんでもない告白をする。

「とっくにできてるよ。なんせ最初に抱いた時からできればいいって思ったから」

「え？　嘘」

「本当。それくらい美桜に惚れてたってことだ」

彼は極上の笑みを浮かべ、私のお腹を愛おしげに撫でた。

The end.

番外編　うちには王子様がふたりいる

「すごい。子豚さん集まって来たよ。かわいいね」

私の膝の上に座り込んだ三匹の子豚を優しく撫でながら、息子の総司《そうじ》に目を向ける。

総司のところにも、三匹子豚が集まっていた。

「うん。かわいい。でも、ママもかわいいよ」

総司が私を見て、ニコッと笑う。

かわいい？

四歳の息子に女殺しなセリフを口にされ、一瞬唖然としてしまった。

とある土曜日の夕方、私と息子の総司は都内のピッグカフェに来ていた。個室なので、子供がはしゃいでも安心。慶史郎さんは今日も仕事ということで、息子を外に連れ出したのだ。

私と慶史郎さんの結婚生活は順調。四年前に息子の総司が生まれ、毎日幸せな日々を送っている。

ピッグカフェに来たのは、総司の希望。幼稚園ですごく話題になっていたらしく、

『ぼくもピッグカフェにいきたい』とお強請《ねだ》りされた。

実際目の前にいる子豚ちゃんたちは、とってもキュート。

目を閉じて眠っている子豚たちをスマホのカメラで撮って、【子豚とってもかわいい～】と、慶史郎さんにメッセージを送った。

すぐに彼から、【ホントだ。もう仕事終わったから、迎えに行く】と返事が届く。

慶史郎さんも子豚ちゃんを見たら、メロメロになるかも。

ちゃんと子豚さんが寄って来てくれるか不安だったのだけれど、その心配は無用だった。

個室ということもあってか、子豚ちゃんたちが私と総司のところにやって来る。

子豚は兄弟で、一匹がこちらに留まると他の兄弟もやって来て、暖を取るように密集する。生後三カ月で、体重も二、三キロだから人間の子供の赤ちゃんくらい。

「なんだか子豚のママになった気分」

子豚を見つめてほっこりする私。

「じゃあ、ぼくは子豚のパパかな？　でも、ママはぼくのママだからね」

ニコニコ笑って独占欲をさり気なく出してくる総司がなんとも尊い。

「もちろん、ママは総司のママだよ」

総司に顔を寄せて頬をくっつければ、息子が嬉しそうに笑った。

「うん。あっ、ぼくトイレいってくる」

「ママもついて行こうか？」

ゆっくりと立ち上がる息子に声をかけると、とびきりの笑顔で断られた。

「ひとりでへいきだよ」

「頼もしいな」

フフッと笑って総司の後ろ姿を見送っていると、息子のところにいた子豚たちも私の方に集まってきた。

「うわっ、なんかすごい。都会にいるのに、牧場みたいな状況になってる」

息子の付き添いで来たのに、私の方が楽しんでいるかもしれない。ひとり興奮していたら、ドアが開いて人の気配がした。

「いつ子豚を産んだんだ？」

総司が戻って来たのかと思ったら、慶史郎さんが現れて私をからかう。

「いつ産んだんでしょうね。気づいたら六匹になってました」

笑ってそんな返しをしたら、彼が私の横に腰を下ろし、横にいる子豚を優しく撫でた。

「俺に黙って浮気するなんてひどいな。それにしても……マイクロブタってこんなに尻尾を振るんだな」

「かわいいでしょう？　すごく人懐っこいんですよ」

「豚もかわいいが、うちの奥さんの方がかわいいな」

息子と似たようなセリフを口にするので、やっぱり親子だなって思う。

愛する夫に褒められると、嬉しくて堪らない。

「も、もう、慶史郎さんたらあ――」

照れながらポンと慶史郎さんの肩を叩くと、彼が顔を近づけて私にチュッとキスをしてきたものだから驚いた。

「け、け、慶史郎さん！　誰かに見られたらどうでするんですか？」

不意打ちでキスするから、動揺せずにはいられない。

もし店員さんに見られたら……と、ハラハラする。

「大丈夫だ。誰か入って来ても、この角度なら見えないし」

彼が自信満々に言うが、やはり落ち着かない。

「でも、総司が戻ってくるかも……」

チラチラ出入り口の方に目をやるが、彼が私の顎を掴んでついばむようにキスをしてくる。

「それも大丈夫。総司は如月に豚のかわいさを力説してるから、しばらく戻って来ないさ。それに、息子に見られても俺は全然構わない。パパとママは仲がいいって思うだろ？」

夫が甘くてセクシーな低音ボイスで誘惑してくる。

「それも……そうですが……んん！」

人目を気にして反論しようとしたら、彼に口を塞がれた。

「仕事で疲れたから、今はただただ美桜が欲しい――」

そんな熱い言葉を言われて、断れるわけがない。

慶史郎さんが甘く口づけてきて、完全に落ちる。

ちょっと背徳感はあるけれど、そのスリルで余計にドキドキしてしまう。

それに、こんなに求めてくれて嬉しい。

「あ〜、パパもぶたさんにかこまれてる〜」

突然総司の声がしてハッと我に返るが、夫のキスで恍惚としてしまい、すぐに反応できなかった。

そんな私を横目で見てクスッと笑うと、慶史郎さんが平然とした顔で総司に冗談を言い、立ち上がる。

「今日からこの子たちのパパになった。さあて、なにか食べに行こうか」

「うん」と総司が返事をしたので、私も子豚ちゃんたちを脇に移動させて立ち上がろうとするが、足がしびれて動けない。

「豚のママになるのも大変だな」

クスクス笑って慶史郎さんが私に手を貸してくれたものの、足に力が入らずよろけた。

「キャッ！」

声をあげる私を慶史郎さんがすかさず支えて、ニヤリとする。

「お姫様抱っこしようか？」

「そ、それは恥ずかしいからやめてください」

赤面する私の手を総司がギュッと握ってくる。

「ママ、ぼくもささえてあげるよ」

息子の優しい言葉に胸が温かくなる。

「総司、ありがとう」

総司に礼を言うと、慶史郎さんと目が合い、微笑みを交わした。

――うちには王子様がふたりいる。

慶史郎さんと総司の手を借りて、幸せな気分でカフェを後にした。

The end.

幼なじみのエリート外科医といきなり契約結婚しましたが、予想外に溺愛されているようです

木登

憧れの人といつわり婚

高い天井は気持ちが良いほど開放感があり、オルガンの音色が高らかに響く。

祭壇の真後ろ、そして左右にずらりと大きく贅沢《ぜいたく》に施されたステンドグラスは、七色の光をチャペルに落とし、神聖な空気を十分に満たす。

祭壇の前で私を見つめるタキシード姿の学《まなぶ》さんは、それはもうドラマか映画のワンシーンのように登場する、人気俳優かと思うくらい格好いい。

長身で筋肉質ながらスタイルが良く、少し垂れた目もと、高い鼻に形の良い唇。笑えばたちまちに、甘い空気が周囲を包む。

まばたきひとつするだけでその瞳から放たれる眼差しの先が気になり、なにか言葉を紡ごうと唇が開くたび、その動きに釘付けになる。

人を惹きつける神様の愛し子、あるいは天使がいたとしたら、その名前は『安成《やすなり》学』というのだろう。

学さんが少し動くたびに、私たちを見守る招待客、特に女性からは感嘆のため息がもれるのが聞こえる。

「あや花《か》、これからよろしくな」

ふわりと私のベールを上げた学さんの頭上に自然光が差して、長いまつ毛が頬に影を落とした。こんなときまで、完璧に素敵な人だ。

「……学さん、ありがとうございます……っ」

こちらこそよろしくお願いします、とは言えなくて、私は願いを叶えてくれた学さんに心からお礼を伝えた。

鼻の奥が痛くなり、次第に涙でゆらゆら揺れはじめた視界の先で、学さんが私に顔を近づける。

――親代わりに私を育ててくれた祖父に、ウェディングドレス姿を見せたい。

まさに今、その願いは優しい学さんの最大の協力を得て叶えられた。

祖父が新婦側のベンチ、最前列から私の姿を見て涙を流している。余命宣告をされたのに、驚くほどハツラツとした様子だ。

柔らかな唇がそっと重ねられて、私は胸がいっぱいになり涙が頬にぽろりとこぼれた。

ドキドキする緊張と今さらながらの申し訳なさ、学さんを巻き込んでしまった罪悪感と……ここまで本当に一緒にきてくれた学さんへの感謝の気持ち。

色々な感情が入り混じったその涙は、唇を離した学さんの優しい指先で拭われた。

祝福の声が上がる中、私たちはただお互いの顔を見つめ合った。

……お互いの利害が一致した、愛のない契約結婚。提案者である学さんが「あやか花」と私の名前を呼び、本当の花婿さんのように嬉しそうに眉尻を下げて微笑む。

私は——。これまでの目まぐるしい展開を、学さんを見つめながら振り返った。


正確には結婚式をする必要があると発覚したのは、十一月も終わりだった。

いつも元気で病気ひとつしたことがない、私の育ての親である祖父が、珍しく「病院に行く」と言いはじめた。私には隠していたらしいが、少し前から体調が良くなかったようだ。

日本国内でも知名度も高い、大手食品メーカーで『なつきＨＤ』の現役の社長である祖父は七十代。毎日出社して、本社の仕事から地方の工場視察まで自ら進んで動く元気を具現化したような祖父が、突然「病院に行く」という。

朝、それをふたり分の食事を用意した席で言われ、私は慌てて祖父の秘書に連絡を取り、今日のスケジュールのリスケをお願いした。

なつきHDの総務で働く私は、もちろん祖父の病院に付きそうという理由で急遽お休みをとらせてほしいと伝えた。

何度も謝りながら電話を切ると、祖父は食事に一切手をつけずに「迷惑かけるなぁ」とだけ謝る。いつも祖父はおかわりまでするほどの健啖家なので、私はいよいよ不安になってしまった。

昔から付き合いのある、祖父とは学生時代からの友人である安成先生が経営し、院長も務めている『安成総合病院』へ祖父を連れて行った。

安成総合病院は数年前に建て替えたこともあり、この辺りでは一番綺麗《きれい》で大きな病院になった。医療のための最新機器、きめ細やかなサービス、そして腕のいい先生が集まっていることから、昔から変わらずに地域内外の人たちから頼りにされている病院だ。

病院嫌いな祖父は安成院長先生のところでしか受診をしない頑固者で、年に一度の人間ドックでは大変お世話になっている。

あらかじめ個人的に院長先生に連絡したのもあり、診察後、検査と経過観察のため祖父は一応の入院となってしまった。

個室に案内され、心配と不安がいっぱいなまま入院手続きを済ませる。必要な物を取りに一度家に帰ると祖父に伝え病室を出ると、幼なじみにばったり顔を合わせた。

「あや花！」

「学さん……！　あのね、おじいちゃんが……っ」

学さんは院長先生のお孫さんで、小さな頃から祖父同士の繋がりで顔を合わせる機会が多い、私の五歳年上のお兄さん的存在だ。

将来この安成総合病院を継ぐために医療の道に進み、今や小児外科医として大活躍している。

白衣姿の学さんは相変わらず長身で格好が良くて、だけど落ち着いた雰囲気で安心できる存在だ。

「院長から、おじい様が今日くるとは聞いていた。入院になったそうだな。空き時間に様子見にきたんだが……」

祖父のことが心配なのか、眉を下げて寂しそうにしている。

私は首を横に振ると、心配だった気持ちが一気にあふれて、言葉に声が詰まってしまった。

私は両親を早くに亡くし、家族と呼べるのは祖父ひとりしかいない。だから今回の急な事態には、情けないけれど参ってしまった。

「……今から入院に必要な物を取りに帰るところなんです。学さん、祖父のこと、どうぞよろしくお願いします」

祖父の体のことは、私にはどうすることもできない。頼りにできるのは、安成院長先生や学さん、病院のスタッフの方々や神様だけだ。

「頭を上げて。担当は院長になるだろうけど、俺も全力でサポートする」

白い歯を見せて、学さんが私を安心させようとニコっと笑う。その気持ちが十分に伝わってきて、目頭が熱くなってしまった。

その日は慌ただしく家に帰り、荷物をある程度まとめて病院へ戻った。祖父と暮らす家から病院までは車で二十分ほどあり、私は車を運転しながら余計なことばかり考えてしまった。

詳しく検査結果がわかったら連絡すると祖父の秘書に病院から電話をして、私が肩の力を抜いたときには陽はすっかり傾き、辺りは薄暗くなっていた。

家に再び帰ると、お行儀は悪いけれどリビングのソファーに雪崩れ込んだ。今日は朝から食事をとる心の余裕もなく、今になってお腹が減ってきた。

祖父と暮らす大きな日本家屋は、しんと静まり返っている。

両親を事故で亡くし、あまり会ったことのない父方の祖父に引き取られた日も……
こんな風に静かだった。五歳の私には、廊下の先は暗く、ただ広くて大きなこの家がこわくて仕方がなかった。

両親は、私を迎えにはこられない遠い場所へ私を置いていってしまった。それが信じられなくて寂しくて、夜中に泣いて裸足で何度も家から飛び出そうとする私を、祖父は叱ることなく必死に止めてくれた。

足の裏から伝わる冷たい感触、仰け反ったときに見えた天井、私を不器用に抱き上げる祖父の腕。今でも、こわくなるほど覚えている。

祖母と早くに死に別れ、男ひとりで生きてきた祖父が五歳の孫を引き取り、育てる。お金でカバーできる面もたくさんあったろうけれど、祖父はいつだって私と全力で向き合い、心のケアをしてくれた。

私はそのうちに、新しい生活を少しずつ受け入れた。諦めた、とも言っていい。すると、祖父が私を抱き上げるときに、涙をこらえているのに気がついた。

妻を早くに亡くし、ひとり息子もその伴侶と一緒に事故で亡くなってしまった。ひとり残されて、泣き暴れる孫娘を抱き上げるたびに、祖父はどういう気持ちになっただろう。

どうして。と叫びたかったろう。

心中は穏やかではなかったろう。けれど祖父はそんなことは表には出さず、私を他所《よそ》へ養子に出すこともなく、そばに置いてくれた。

すっかり私が祖父や家、生活に慣れてくると、『あや花ちゃんが綺麗な花嫁さんになるまで、じいちゃんは死ねないなぁ』と祖父はたびたび口にするようになった。

あの口癖はきっと、自分を鼓舞するものでもあったのだろう。私が子供でなくなり、二十五歳になった今も機嫌良くそう言い続けてくれている。

私が『くらくてこわい！』と言ったこの家は、大掛かりなリフォームをして内装を一部洋風に変え、どこもかしこも明るい雰囲気になっている。庭は庭師さんが常に手を入れてくれるおかげで季節の花が咲き、池で亀を飼いはじめて約二十年になった。

この家の勝手がわかるようになったころ、安成院長先生に連れられて、一緒に様子を見にきてくれたのが学さんだった。学さんは初対面で人見知りをする私に優しく話しかけてくれて、それからちょくちょく顔を見せてくれるようになった。

祖父や私を心配する院長先生の配慮、あるいは祖父が私のために学さんを呼んでくれていたのかもしれない。

そうやってずっと私のために、あらゆる手を尽くしてくれた祖父が、入院してしまった。

「……でも、検査入院だって院長先生が言ってた。だからきっと大丈夫、おじいちゃんは大丈夫」

自分を鼓舞するために呟いた言葉は、リビングに消えていった。

その翌日の夕方。私は仕事帰りに祖父のお見舞いに向かった病院で、信じられない会話を聞いてしまった。

静かなフロア、個室のドアが少しだけ開いていたせいで、入室する前に院長先生のよく通る声が聞こえてしまったのだ。

「なっちゃん、もう覚悟決めろ。体は悲鳴を上げてるよ、自分でもわかってたんだろ？」

院長先生の真剣な声。それに……覚悟を決めろって……？ドアに伸ばした手が、ぴたりと止まる。

「……やすちゃん、オレはもうダメか？」

「なっちゃん、言わなくても自分でわかるだろ」

院長先生と、祖父の会話だ。……気持ちが悪くなるほど、心臓が強く鼓動を打つ。

ダメってなに、わかるだろうって、おじいちゃんの容態はそんなに酷かったなんて……。

じわりと浮いた涙を拭い、個室のドアをノックする。

「もしかして、お話し中ですか」

すみません、と謝りながらドアを開けると、院長先生と祖父がふたりして驚いた顔で私を見た。

「やあ、あや花ちゃん。元気していたかい？」

「はい、おかげさまで。あの、今回は祖父がお世話になります。どうかよろしくお願いします」

深く頭を下げてお願いをすると、院長先生は「任せて」といい、「またな」と祖父に声をかけて病室を静かに出ていった。祖父は院長先生を見送ると、昼間に秘書に持ってきてもらったという仕事の資料を広げはじめた。

私の顔を見て「どうした？」と心配そうに眉を寄せるので、「なんでもないよ。これを機会にゆっくり休んで」と伝える。本当は心配で堪らないけれど、ここで祖父に余計に心配をかけるわけにはいかない。すると祖父は「すぐに帰るつもりだよ」と笑ってくれた。

ふと、祖父が窓の外に目をやった。薄暗くなった空を見て、ぽつりと言ったのだ。

「……あや花ちゃんが綺麗な花嫁さんになるまで、じいちゃんは死ねないなぁ」

ドキッとした。言葉が詰まってしまい、自然に返事ができない。それでもなんとか言葉を捻り出す。

「もう、おじいちゃんってば……」

続く言葉を見つけられない。その場にいられなくなった私は、お手洗いに行ってくると言って病室から出た。

そうして病院の屋上、ちょっとした庭園になっている場所まできて、ようやく息を吐き出すことができた。薄暗い庭園は所々に灯りがともされ、西の空には一番星が輝いている。

身震いしそうに冷えた、そして誰もいない屋上庭園で休憩用のベンチに腰をおろした。頭の中は聞こえてしまった祖父と院長先生の会話のことでいっぱい、そして昔の、両親を一度に亡くしたころの記憶がじわじわと心に黒い覆いをかけていく。

「……っ、おじいちゃん……」

鞄を膝の上に置き、私は自分の顔を両手で覆った。流れ落ちる涙を手のひらに感じながら、叫び出したいのを奥歯を噛み締めて堪える。

どのくらいそうしていただろう。背後から聞き馴染んだ声で名前を呼ばれて、私は自分の顔が涙でぐちゃぐちゃなことなど気にせず振り返った。

「あや花……！」

「学さん……っ」

学さんは、表情を変えないまま、私の横にそっと腰を下ろした。

「こんなところでどうしたんだ。冷えるだろう」

「大丈夫です。学さん、お仕事忙しいはずなのにどうしてここに……」

「休憩だ。オペ続きで外の空気を吸いたくなって屋上まできてみたら、君がいたんだ」

学さんは、祖父がどんな状態なのか知っているだろうか。貴重な休憩時間にこんなことを聞いてはいけないと思いながらも、私は言葉を発するのを止められなかった。

「さっき、院長先生と祖父が話をしてるのを、偶然聞いちゃったんです。院長先生、祖父に覚悟を……決めろって……」

学さんは目を見開いて、それから静かに息を吐きながら一度下を向いた。それから顔を上げて、私をじっと見つめる。

「……おじい様は院長が診ていて、俺が様子を聞いても詳しくは教えてくれない。あのふたりは親友みたいなものだから、院長はなるたけ自分がって思ってるみたいだ」

「そうなんですね……」

「俺にサポートを求められたときには、必ず全力を尽くす」

私は学さんの目を見つめ返して、「どうしたら」としか言えなくなってしまった。

きっと……、そう遠くないうちに、そういうことになるんだろう。

いきなり突きつけられた現実をすぐに受け止めることはできないけれど、目を背け続けるわけにはいかない。

冷たい風が、涙で濡れて火照った頬を撫でていく。学さんがそっと背中に手を添えてくれているおかげで、冷静になってきた。

――今、祖父のために私ができることを考えよう。祖父が喜ぶこと、今、しなければ私が一生後悔すること……！

『あや花ちゃんが綺麗な花嫁さんになるまで、じいちゃんは死ねないなぁ』

……あった。祖父が長く、私に言い続けてくれた願いがあった。

「私、おじいちゃんに花嫁姿を見せたかったな……」

と、ぽつりとつぶやいた。

「あや花……？」

今度はびっくりして目を丸くする学さんに、簡単に説明する。

「祖父が、私に子供のころからずっと言っていたんです。私が花嫁さんになるまで死ねないって。だから、私、結婚して祖父の望みを叶えなくちゃいけない。同じ課の人に、今度ふたりで飲みに行こうって誘われています。その人に事情を話してみて……」

結婚して、祖父を安心させたい。その希望を叶えたいばかりに、やっと冷静になった頭がまた熱くなっていく。

「だからって、あや花、その人のこと好きとかではないんだろう？」

「……はい、でもいい人だと思います。だから、好きになれると思う。もし私が事情を話して、すぐに結婚しようって言ってくれたなら、私はその人のことを大事にしたい。そこから好きって気持ちが生まれるんじゃないかって、そうなったら嬉しい」

なんて自分でも無茶を言っているのはわかる。私の願いを叶えるために、誰かを利用しようとする最低だという罪悪感もしっかりある。

だから一旦落ち着いて思考を止めたいのに、焦りが私の背中をぐいぐいと押し続けて苦しくなってきた。

「学さん、私、私ね……」

「あや花……」

突っ走りはじめた思考が、罪悪感を打ち消すように私を笑顔にする。笑わないと学さんの前でボロ泣きしてしまう、そう考えたら無理に笑うしかなくなった。

それに、学さんに幼なじみとして失望されたかと想像すると、身勝手な自分が恥ずかしくて仕方がない。

飲みに誘ってくれただけの人と結婚しようなんて考え、これがもし友人なら私は羽交い締めにしてでも止めるだろう。

学さんは「わかった」とはっきりと言った。

「あや花。俺と結婚しよう。俺もおじい様にはとてもお世話になった。だから、おじい様が喜ぶことは俺も叶えてあげたい。それに、実は縁談で困っていることがあって。あや花との結婚なら、喜んでくれる」

彼の急な提案に飛び上がりそうになるほど驚き、暴走していた思考に急ブレーキががっちりとかかった。

「えっ、ええ⁉」

冗談じゃない、あまりにも本気の眼差しに私は言葉が出てこないでいた。驚き過ぎて、頭が真っ白になる。

「もう戻らなくてはいけないが、今夜家に行く。そこで式の日取りを決めよう。さ、もう寒いから中に戻るよ」

ハイッと言う掛け声で立たされて、背中に手を添えられ、サッと個室が並ぶフロアへ戻る。学さんは「また夜に」と言って、バタバタと小走りで去っていった。

「ま……まさか。冗談だよね？」

まだ学さんの唇の感触が残る左手の甲を右手で撫でながら、しばしの間、私はその場から動けないでいた。

面会時間が終わり、お見舞いにきた人々でエレベーターや出入り口が少し混み合う。私もその人の波に乗って病院を出て、自分の車に乗り込んで……動けなくなってしまった。

祖父と院長先生の会話、自分の恥ずかしい暴走、そして学さんからのプロポーズ……。

「あ、あれはきっと、私をわざと驚かせて思い直させるためだよね。それにしても、みっともない姿を学さんに晒してしまった……」

祖父のことで頭がいっぱいなはずだったけど、心は自分の失態や学さんのことを考える余裕があるらしい。

昔からたくさんの人の目を惹きつける学さんと違って、私はシンプルな顔立ちだ。

スタイルだって平均的で、特別目立つようなタイプではない。

亡くなった母は綺麗な人で、その面立ちに似てきたと言われることもある。けれど自分でじっくり鏡を見てみても、似ているのは顔のパーツ配置だけだと思っている。

それに、私と学さんは昔からのただの幼なじみで、それ以上でもそれ以下でもない。ときめかないと言ったら嘘になるけれど、逆に学さんが私を異性として好きになるなんて有り得ないと思ってしまうのだ。

それに学さんの隣に立つ人は、とても綺麗な人じゃないと釣り合わない。学さんが選ぶ人は、きっとそういう人だろう。

半年くらい前に、所用で病院に行ったときに、学さんと綺麗な女性が一緒にいるのを見かけたことがあった。女性はとても楽しげで……。

学さんの隣に将来立つのは、きっとあんな綺麗な人なんだろうとこっそり遠くから眺めながら思った。私ではダメなんだなんてふと思ってしまったとき、その女性が私に向かってニヤッと勝ち誇ったように笑ったようにみえた。

私は勝手に惨めな気持ちになってしまい、それ以上ふたりが目に映らないようにその場から離れた。

「……学さん、夜にうちにくるって言ってたけど本当かな」

うーんと考えて、学さんはくると結論づけた。学さんは今まで私に嘘をついたり、その場しのぎの誤魔化《ごまか》しをしたことがないのが決定打になったのだけど。

「……そうなると、プロポーズの言葉も本当になってしまう」

途端に、顔から火が吹いたように熱くなる。

「有り得ない、絶対に有り得ないから期待なんてしちゃダメだ……っ」

私は冷えたハンドルに額をつけて、今日何度目かの激しい心臓の鼓動がおさまるのを待った。

二十一時半ごろ、学さんは本当に家にきた。肌触りが良さそうなニットにジーンズ、秋物の羽織りものの姿で、「遅くにごめん」と謝ってくれた。

「気にしないで。この時間までお仕事だったんでしょう？」

少し照れくさく感じながらも、なるたけ普通を装う。

「うん。だいたい毎日この時間だから俺はいいんだけど、あや花は待ってるのに疲れただろう。これ、お土産」

渡された高級パティスリーの紙袋には、小さな白い箱が入っている。これは、私の好きなお店だ。

「わ、もしかしてあの、パティスリー朱里《しゅり》のケーキですか？」

「うん。新作が出たばっかりみたいで、その中からおいしそうなチーズケーキとガトーショコラを選んできた。あや花、朱里のケーキが好きだったろう？」

普段はあまり関わりがないのに、今もこんな風に私が朱里のケーキを好きなことを覚えていてくれるなんて。嬉しくなってしまった。

「ありがとうございます、さ、上がってください。熱いコーヒー淹れます」

「遅い時間に申し訳ないな」

昔はよくお互いの家に行き来していたけれど、大人になってからは、はじめてだ。

夕方の学さんの言葉を私が過剰に意識してしまい、リビングでは目を合わすことができないでいる。

早々にキッチンに逃げ込んだけれど、コーヒーを淹れるためにケトルに注いだお水が、すぐ沸いてしまうのがうらめしい。

しかし小児外科医という繊細でハードな仕事で疲れている学さんを待たせるわけにはいかず、丁寧に淹れたコーヒーと小皿とフォークをトレイにのせ、緊張しながらリビングへ戻った。

「お待たせしました。ケーキ、学さんも一緒に食べましょう？」

「いいのか？　二つとも、あや花に買ってきたのに俺も食べてしまって」

「もちろん。その代わり、私が先に選んでいいですか？　新作、楽しみにしていたんです」

テーブルを挟み学さんの向かいに座り、箱から慎重にケーキをお皿に移していると、学さんがじっと見てくる。そのせいで動きがぎこちなくなってしまった。

「そんなに見られたら、ケーキを落としてしまいそうです」

「……あや花。今日屋上で俺が言ったこと、信じてないかもしれないけど……本気だから」

真っ直ぐに学さんに見つめられる。真剣な声に、私はあやうくナッツのチーズケーキを、お皿の上で倒しそうになってしまった。

「あ、あの、だっていきなり、あれは騒ぎ出した私を冷静にさせる、じょ、冗談ですよね⁉」

「冗談で、あんなことは言わない。あや花に今結婚相手が必要なら、俺が適任だと思ったんだ。俺も今、結婚相手が必要だから」

「え……っ？」

「夕方にも話をしたが、俺は今結婚よりも仕事を優先したい。簡単に言うと、とにかく今、見合いをしないかとあちこちから言われてる。いきなり見合い写真を持ってきたり、会食に行けばどこかの娘さんがいたり病院に押しかけてきたりと……」

学さんは本気で困っているらしく、小さなため息とともに自分の髪をくしゃりと握った。病院に押しかけてくる女性までいるなんて、それは気に病んでしまいそうだ。

「そ、それは大変ですね……」

「ああ。だから、もう結婚してますと言ってあの煩わしさから解放されたいんだ。そんなタイミングで、あや花から結婚しなくちゃって話を聞いて、これは俺にとって渡りに船だと直感で思った」

「渡りに船」

「そうだよ。幼なじみ同士の俺たちが、それぞれの事情で結婚をしたいと思っている。なら、手を組むのが最適解だと思うんだ。俺はあや花と同じ課の男より、あや花のことを何倍も知ってるし、事情もすでに把握済みだ。最短で結婚したいなら、相手は俺が正解だよ」

一気にそう言い切って、学さんは「どう？」と最後に聞いてきた。

学さんが言う通り、内容に間違いはない。『渡りに船』『最適解』『最短で結婚』となれば、相手は学さんで間違いないのだ。ただ……。

頭が次第に冷えると、ふと疑問がここで浮かんだ。花嫁姿を見せたい、縁談を回避したいというならば、婚姻届まで出する必要はないんじゃないかと。

例えば私たちはお付き合いをしていると学さんは公言して、私はウエディングフォトの前撮りという形でも祖父に花嫁姿を見せることはできる。

私は、姿勢を正して学さんと向き合い、浮かんだ疑問を隠さず話をした。

すると学さんは真剣な顔で、すぐにこう返してきた。

「そうかもしれないが、俺たちの祖父は勘が鋭い上にふたりで俺たちの話をよくしている。婚姻届けを出さない偽りの恋人も可能だが、いつかボロと矛盾が出てバレてしまうだろう。なら、法的に手続きをした方が確実な証拠ができるだろう」

学さんの表情や声には、頼りにしたくなる強い力がある。

「ふたりで、祖父たちや周囲の人たちも全員騙すんですよ……？」

「わかってる。あや花の罪悪感の半分、俺が背負う」

「な？」と笑いかけられて、私は自分の肩に重くのしかかった不安が軽くなった気がした。私はひとりじゃないんだ、学さんがこの私の計画に協力してくれる。

テレビもなにもついていない、静かで広いリビングには私と学さんの息遣いしか聞こえない。

「は……ははっ、ごめんなさい。本当にいいのかな、学さんを巻き込んでもいい？」

「俺はかまわない。あや花とふたりなら、うまくやれると自信もある」

学さんの言葉が、胸にじんと響く。でも、学さんの次の言葉で、これがあくまでもお互いの利を考えた結婚なのだと思い知った。

「ただ、いつかあや花が、もうこれ以上は婚姻の必要がないと判断したときは、言ってくれ。これは俺が持ちかけた結婚で、俺には離婚を申し出る権利はないから」

ほっとして浮かれてしまいそうな心に、ピシャリと念押しをされた気がした。

私はハッとして、一度唇を引き結んだ。そして小さく笑って、『わかりました』と答えた。

それから私たちは、学さんのご両親、そして私の祖父に『実はずっと付き合っていた。近いうちに結婚する』と報告した。

驚き、すぐに祝福の言葉をくれたご両親や祖父に対して申し訳なさもあったけれど、学さんが色々とフォローをしてくれたおかげで、怪しまれずに済んだ。

それから祖父は一週間ほどで退院して、仕事に復帰した。けれど食は以前より細くなり、痩せてしまった。

学さんは『小さな式でいいからすぐに挙げたい』と皆に宣言した。仕事の合間や終わり、休日にふたりで駆け回り——。

祖父が退院をしてから二カ月後。私たちは身内と病院関係者、それになつきＨＤの関係者だけを集めた式を挙げ、いつわりの愛を皆と神様の前で誓い合った。

ときめきと罪悪感

夕方の屋上で、困った顔で笑いながら泣く、あや花の口から結婚の話を聞いたとき。

——もう、待つのはやめようと決めた。

俺の知らない男にあや花を取られるくらいなら、気持ちが通じ合わないままでも、まずは彼女を手に入れてしまおう。

どこか俺に対して一線を引くあや花。俺を幼なじみの枠から出してくれないあや花に、これからゆっくりと長年の片想いで募りつのった気持ちを知ってもらおうと決めた。


あや花と式を挙げ、婚姻届を出してから一カ月が経った。

病院の屋上から地上を見下ろすと、駐車場に植えられた桜が満開になっている。桜色の絨毯、春の風は命の息吹を乗せてどこまでも遠くまで駆け巡る。

あや花の祖父、今では俺の義祖父になったおじい様……親族になってから下の名前である正夫《まさお》さんと呼ばせてもらっている。

呼び方に迷っていたとき、正夫さんから『名前で呼んで』と言われたのだ。長くおじい様、と呼んでいたから、正夫さんからの気遣いには助けられた。

あれから那月《なつき》邸で生活を送っている。

正夫さんに、あや花のウエディングドレス姿を見せてあげられた。正夫さんがいいと言ってくれたなら、那月邸で同居したいと申し出たのは俺だ。

あや花も、正夫さんも、それはもう驚いていた。特に正夫さんは、新婚のふたりがおじいさんと暮らすことなんてないと言う。

だけど、俺はあや花が正夫さんを那月邸にひとり残していくことに、強烈に後ろ髪を引かれているのがわかっていた。当たり前だ、あや花は正夫さんの……余命を知ってあんな大胆な行動を起こしたのだ。

だから同居させてもらいたいと申し出ると、正夫さんは戸惑いながらもいいと言ってくれた。あや花は正夫さんのいないところで、俺がものすごく気を使っているんじゃないかと心配してくれた。

同居に関しては、俺の祖父である院長の後押しもあった。やはり正夫さんひとりでは寂しいだろうと、あや花とお前がそばにいてやるのがいいと言われた。

結局、あや花も理由を話すと喜びながら同意をしてくれて、那月邸の大きな客間の一室を夫婦の部屋として使わせてもらうことになった。

あれから正夫さんは少し痩せた印象だが、調子は良さそうだ。電子カルテを見た限りでは、あや花が聞いたという院長と正夫さんの会話のような、差し迫った状況には見えなかった。

もしかして……、いや、有り得ないが、院長はなにかを隠している？

あのふたりは学生時代からの親友で、正夫さんが男手ひとつで小さなあや花を引き取った当時は、相当心配したと聞いている。

院長はなにか手助けがしたくて、あや花の気が紛れるようにと、俺を連れて那月邸を訪れた。それが子供だった俺と幼いあや花との出会いとなった。

あや花はとにかく人見知りで、いつも正夫さんの後ろに隠れていた。これでも、やっと自分に慣れてくれたのだと話す正夫さんを覚えている。

俺はそのとき小学四年生で、友人の中にもあや花のような複雑な事情を抱えた人間がいなかったので戸惑った。

大体の事情は院長から簡単に子供でもわかる言葉で聞いてはいたけど、実際に目の当たりにすると、どう接していいのかわからない。

同性でも同じ小学生でもない、正夫さんの後ろから泣きそうな顔でこちらを見ている幼い女の子。

院長と正夫さんから妙な期待がこもった眼差しを自分に向けられているのに気づいて、大人は子供同士なら仲良くできると思っているんだよな。なんて思いながらあや花をよく見ると、とても困った顔をしていたのだ。

大人が良かれと思ってセッティングしたこの状況に、あんな小さな子も戸惑ってる。それに気づいたら、せめてこの女の子のために今日は頑張ろうと思った。

女の子の好きな遊びなんてわからないから、ふたりきりで庭に出て散歩をしたり、一方的に学校の話をしたり……。五歳のあや花は学校には行ったことがないのに、俺の話に一生懸命にうなずき、相槌をうつ。あや花の知らない話ばかりしているのに気づき、『すきなものはある？』と聞くと照れたように困った顔で小さく笑って『かめ』と答えた。

その、なんとも庇護欲をかき立てる笑い方に、まだ小学四年生だったけれど、俺ははじめて切ないという感情を覚えた。

『かめ』は正夫さんがどこからかもらってきて、あや花が名前をつけ、池で飼っているというのだ。

たどたどしく、ゆっくり、どんな亀なのか説明をしてくれるあや花の話を聞きながら、俺は自分に妹がいたらこんな風だったのかもしれないと想像をした。

そうして、不思議な雰囲気をまとうあや花に特別な気持ちを持ちはじめていた。守ってあげないといけない、困った顔で笑う女の子。

那月邸からの帰り、『次はいつくる？』と院長に聞くくらい、俺の中であや花の存在はしっかりとしたものになっていた。

そうして長く付き合っていく中で守ってあげたい妹は、大人になるにつれてずっと一緒にいてほしい女性に変わっていったのだ。

庇護欲をかき立てるような儚さがあるけれど頑張り屋、それに透明感のある美しさまで加わり、あや花に変な虫がつくのではないかと気が気でなかった。

しかしあや花は俺を幼なじみからは昇格させてくれず、これまでずっと歯がゆい思いをしていた。あや花を驚かせたくなくて慎重になり過ぎたが、結婚相手に立候補して交際期間をすっ飛ばして結婚にこぎつけた。

結婚した今でも、事ある毎に、あの日屋上で泣いていたあや花を見つけられなかったら……。なんて想像しては、ゾクリとして過ごしている。

あや花が俺以外の男と結婚を急ぎ、正夫さんづてに『今度あや花が結婚することになった』と聞かされる……。そんな妄想をしては、背筋にゾクリとしたものが走る。

あの日あや花を見つけられたことを運命の神に深く感謝する日々だ。

那月邸で暮らす上で、俺には嬉しいメリットがたくさんある。

住み慣れた家でのあや花のリラックスした表情が見られること。長年使い慣れているキッチンで、毎日食事を作ってくれるのもありがたい。

仕事柄、朝はかなり早いので、俺の分の朝食は気にしなくても大丈夫だと言うと「体が資本なんですから」と、栄養バランスを考えた数種類の小鉢のおかずと具沢山の味噌汁、それに炊き立てのご飯を毎朝用意してくれる。

そのぶん、あや花は早起きしなければならないのに。だから俺は、毎朝感謝して残さず食べて、「おいしかった、ごちそうさまでした」と必ず伝えるようにしている。

朝は早く、夜は遅い俺の仕事の都合で、あや花とは少しすれ違いの生活を送っている。

七時半に出勤したらまず、夜間に自分が担当する患者がどんな様子だったか、異変などはなかったかどうか電子カルテの確認をする。発熱や痛み、体調の変化などは夜勤の看護師が電子カルテに詳細に記載してくれている。

この記録の確認から、俺の一日ははじまる。

入院患者が朝食を済ませた頃、八時には回診を開始する。小児科病棟はゼロ歳から十五歳の子供たちが入院している。

このフロアは柔らかい色を使った内装で、おもちゃを置いたプレイルームがあり、処置室などはかわいらしい飾り付けが施されている。

看護師たちは明るくパワフルに子供たちと接していて、俺も子供を緊張させないように肩の力を抜きながら診察をしている。

「おはよう、夜はよく眠れたかな」

「せんせい、おはよう」

五歳のこの子は、食道アラカシアと診断して俺が執刀した患者だ。消化管には縮んだり緩んだりをくり返して、消化器官の中のものを送り出す力がある。

しかし胃に近い部分の食道の壁の中に異常があると、常に縮んだ状態になり食べ物が通りづらくなる。食べた物が通過しにくくなり食道内に停滞するため、嘔吐や食道の壁に炎症を起こしていた。

手術で狭くなった食道の筋肉を内視鏡カメラで確認、切開して広げ、経過観察中だ。

「ねたかな、ふふ、わかんない」

寂しくないようにと保護者が自宅から子供のために持ってきた、キャラクターのぬいぐるみを抱きしめながら答えてくれた。顔色も悪くなく、術後の経過もいい。

この様子なら、明後日には退院ができそうだ。

「とてもいい調子で体が治ってきている。手術、頑張ったね」

そう伝えると、子供は照れくさそうにはにかんだ。それからひとりひとり、顔色や様子を慎重に観察しながら回診を進める。その最中、子供たちからもらった折り紙や絵で、白衣のポケットがいっぱいになっていく。

手術の件数は日によって異なるが、基本的には一日に二件から五件程度の手術を行う。一時間、三時間、八時間の手術を組み合わせてスケジュールを立てていく。

手術の合間に短い休憩を取り、他のドクターと情報交換をしたりする。今日はそこで、意外なことを言われてしまった。

発言の主は、俺の十歳年上の外科医、加藤《かとう》先生だ。加藤先生は温和で大変な愛妻家な上、奥さんはこの病院の看護師だ。その奥さんの手作り弁当を食べながら、午後のスケジュールを確認する俺に声をかけてきた。

「安成先生は、新婚旅行には……って、なかなかスケジュール的に難しいか」

加藤先生は新婚の俺が、新婚旅行に行く様子を見せないことを、気にしてくれているようだ。

「そうですね、確かに行きたいのはやまやまなんですが、やはりスケジュール的に」

あや花が喜びそうな場所に連れて行けたら、どんなに楽しいだろう。毎日朝食を作るためにかなり早起きをしてくれていることも、労われたら……。

「うちも旅行なんてなかなか行けないから、たまにグレードの高いホテルに宿泊して過ごすんですよ。外資系のホテルなんかは雰囲気から違っていて、まるで海外ですよ。そこでうまいものを食べたり、プールで泳いだり。するとリフレッシュできるんです」

「ああ、確かにホテルステイ、いいですね」

「おすすめですよ、ぜひ安成先生もどうですか。女性は特に、非日常空間でリフレッシュできると……これはうちの奥さん談ですが」

俺は加藤先生の話に、とても興味を持った。あや花が好きそうなロマンチックな雰囲気のホテルでおいしいものを食べさせてあげたい。それに、もし万が一緊急の呼び出しがあっても車で戻れる範囲のホテルを選べば問題ない。

そうだ、横浜なんてどうだろう。あや花が気に入ってくれたら、月に一度はホテルステイを楽しんだっていい。

「加藤先生、ありがとうございます。ホテルステイ、考えてみます」

加藤先生はそれがいいよと、恵比寿顔で笑った。

それから退勤後に色々と調べ、あや花が気に入ってくれそうなホテルを見つけた。

あや花に『新婚旅行代わりにと、ホテルステイを加藤先生から提案された』と誘うと、とても驚いていたけれど、嬉しそうにうなずいていてくれた。

＊＊＊＊

目の前には海が広がる。まるで一隻の巨大な客船のような優雅なホテル、今にも夜の海を二つに裂きながらゆっくりと出航しそうだ。

空間を贅沢に使い、大きなガラス張りの窓からは、ゼリーのように揺れる穏やかな暗い海が、街明かりを映すのが一望できる。二階へと続く大階段は、このホテルのシンボルみたいだ。

学さんの勤務が終わる二十時に到着するよう、病院に向かった。祖父に見送られて車で家を出て、病院の駐車場で学さんを待つ。

その間、私はどうしようもなく緊張していた。今夜、学さんと新婚旅行代わりのホテルステイなのだ。

今回の件では、学さんに大変な迷惑をかけてしまった。新婚旅行なんて予定もしていなかったことで、学さんの周囲の方を心配させてしまった。

私は祖父にウェディングドレス姿を見せることだけに執着して、視野が狭くなってしまっていた。

いわゆる普通のカップルは、こんなにいきなり婚姻届を出したりはしないし、まず結婚式や新婚旅行などを計画するだろう。

実際私の友達、数人の既婚者女性たちは、挙式に対して配偶者になる人やプランナーと綿密な予定を立てていたし、もちろん、新婚旅行にも行っていた。

だけど、私と学さんはほとんどそういうのをすっ飛ばしてしまった。

ただ私の目的だったウェディングドレス姿を見せることについては、ドレス選びは、学さんが忙しい時間の合間を見つけて協力してくれた。

私たちの結婚はいきなりだったけれど、周囲から見れば普通の恋愛を経て結ばれた夫婦のはずだ。私はそのことが、すっかり頭から抜けていたのだ。

そして今回、そのことで同僚の先生を心配させてしまい、学さんは私のために夜の海が街明かりを映す素敵なホテルを予約してくれたのだ。

「……学さん、すごく忙しいのに申し訳ない」

安成総合病院には外科医は五人常駐しているけれど、その中でも特に有望株だと言われているのが小児科外科医の学さんだ。

学さんは全国でも有名な大学病院へ研修医として勤め、安成総合病院に戻ってきてからは、その身につけた技術でたくさんの子供たちを救っている。

口コミや評判もうなぎ上り、若く優秀で将来の跡取り。学さんは今や、たくさんの人々に必要とされる人物なのだ。

私個人の問題に巻き込んでしまっていい人ではない……、とわかっている。なのに学さんで良かったと思ってしまうのだ。

「いつかは……離婚して、学さんのために終わりにしなきゃいけないのに」

ひとり呟いた言葉が、暗い車内にぽつりと落ちる。気分を変えたくて窓を少し開けると、春の匂いのする空気が鼻先をくすぐる。

目をきつく閉じて息を吐くと、窓の外から声をかけられた。

「ごめん、お待たせ」

白衣から私服に着替えた学さんが、眉尻を下げて謝る。急いで病院から出てきてくれたのだろう、肩で息をしている。

「あっ！　ううん、私も今着いたところ。お疲れ様です」

私は慌てて、なんでもない風を装った。

「運転、代わる」

「あ、ありがとうございます」

そうして学さんの運転で夜の街に車を走らせ、横浜までやってきた。横浜の街は、東京とはまた違う雰囲気がある。どこか異国風に洗練され、緑も多く感じる。

ホテルでチェックインを済ませる学さんの後ろで、私は緊張しながら周囲を見回す。外資系のホテルだけあり、内装は白を基調とした空間を贅沢に使った優雅な海外風な雰囲気で、大きくとられた窓の向こうの、海のコントラストがリゾート気分を盛り上げてくれる。

働くスタッフの身のこなしや所作も、気持ちがよく上品だ。

部屋に一度荷物を置き、遅い夕飯にホテル内のレストランに向かう。カウンター席、対面で担当のシェフが手際よく焼いてくれる海の幸や旬の野菜、とろけるような和牛をめいっぱい堪能した。

そこで私は一杯だけ、ワインをいただいた。日頃あまりお酒をたしなむことがないので、私は顔がほんのり赤くなってしまう。

デザートまで美味しくいただき、夜の海がよく見える部屋まで戻るエレベーターの中で……学さんの口元が少しだけ緩んでいるのに気づいた。

「学さん、今日、なにかいいことがありましたか？」

「うん？　どうして？」

「気のせいかもしれませんが、ちょっとだけ機嫌よく見えたんです」

「……そうか。なら、そうなのかもしれないな」

私がほんのり酔っているからか、その言葉が学さんの優しい気遣いだとわかっていても嬉しい。

「ほら、足元に気をつけて」

そっと背中を支えられ、宿泊する部屋のある階に到着した。学さんは私の背中に手を添えたままゆっくりと歩き出す。

「ごめんなさい、ありがとうございます」

私は支えられて嬉しい気持ちと、申し訳ない気持ちが混ざりあって、酔いもあいまってぐるぐると思考が複雑に回転しはじめる。

嬉しい、ごめんなさい、いつかお別れするのが寂しい。半分以上は学さんに伝えられないことだ。

ふかふかのカーペットが敷き詰められた静かな廊下を、酔った私を学さんが気遣いながら歩く。こんなの、本当の恋人や夫婦みたいだ。

部屋の前に着くと、学さんがカードキーでドアを開けてくれた。贅沢に広い室内に柔らかな灯りがつき、そのまま中へエスコートされる。

私の後ろ。ドアがパタンと閉まる音を耳が拾い、ピクリと体が反応してしまった。

部屋はロビーと同じ白を基調にした雰囲気で、あちこちにアクセントになるよう木を使った上品な家具が配置されている。

クローゼットには着てきた上着をかけてあり、一泊の荷物を詰めた小ぶりの鞄二つはドレッサーの横にまとめてある。

大きなキングサイズのベッド、それに大きなガラス張りの窓際には、みなとみらいの風景を楽しめるようテーブルと、ゆったりとしたソファーが置かれている。

ガラスの向こう側は、暗い夜の海に光が反射して揺れ、幻想的で美しい。室内の灯りを消したら、外と室内の境が消えたように開放的に見えるのだろう。

到着して部屋に荷物を置き、すぐに遅い夕飯をとりに出てしまったので、こうして落ち着いてみると……学さんと今晩はふたりきりなのだと強く意識してしまう。

時刻は二十三時を過ぎたところだ。

「ほら、夜景がよく見える」

学さんはそう言って私を呼び、窓際のソファーに座らせ、部屋の灯りを数段階絞った。途端に夜の海と光の街がさらにクリアになって目に飛び込んでくる。

「……わぁ、綺麗……！」

眼前に広がる夜の海と星に似た光に、私は瞬きも忘れて見入る。隣りに座った学さんも、夜景を見つめている。私が学さんの横顔に見入ってしまったのを気づかれたのか、ふとこちらを学さんが見た拍子に目が合ってしまった。

ドキッと胸が高鳴った瞬間、私は自分の酔いが醒めはじめているのを感じた。ふわふわした感覚がすっと抜けて、リアルな現実味がかえってくる。ワイン一杯分の酔いは、そんなに長くは続かなかったようだ。

――わ、わ、どうしよう……！　なんかいい雰囲気、学さん、近い！　意識したら動けなくなってきちゃった……！

結婚してうちの一室を夫婦の部屋として使ってはいるけれど、ベッドは二つ入れて夜は勿論私たちは別々に眠っている。

契約結婚だから、そういった触れ合いみたいなものは一切ない。着替えもパーテーションを使ったりして、異性との気を使い合うルームシェアのような生活を送っている。

なので、この雰囲気、至近距離は学さんをとても意識してしまう。

仕事柄、いつ病院から呼び出されるかわからないから、お酒はほとんど飲まないと聞いている。だから夕飯のときだって、学さんは炭酸水をオーダーしていた。

「……綺麗だな、あや花」

「へっ、あ、うん！　そうだね、夜景が綺麗だね」

綺麗なのは夜景なのに、学さんは私から目を離さない。私は自分の視線をどこへやっていいのかわからなくなって、ドキドキしながら夜景や学さんの顔をいったりきたりさせてしまう。

学さんは忙しない私の様子に目を細めてから、また夜景を眺めはじめた。

……私の夢を叶える協力をしてくれた学さんには、頭が上がらない。

もし、あのとき学さんに出会えなかったら……なんて想像しただけで、嫌な汗を背中にかいてしまう。逆に、私はしっかりと学さんの役に立てているだろうか。

お見合いなどの話がたくさんきて、困っていると学さんは言っていた。それに、病院まで学さんに会いにきてしまう女性もいると。

それからどうなったのか、私はなんとなく聞きづらくてわからないままになってしまっていた。

とても静かな部屋。窓の外から差し込む白く淡い光に、学さんの真剣な顔がほんのりと照らされている。

「あや花と結婚するって病院関係者に話をしたら、それからほとんど迷惑になるような状況はおさまったよ」

「えっ、ほ、本当ですか？」

まるで今、私の心をしっかりと見透かされたようで、驚いてしまった。

「ああ。勝手に見合いみたいな会食のセッティングをされることもなくなった。あや花と……これのおかげだよ」

左手の薬指、私とペアになっている結婚指輪を学さんは見せる。金色の細いシンプルな指輪は、海の向こうで光る夜景みたいにキラリと煌めいた。

「そうなんですね……、お役に立てたなら安心しました。指輪、私も御守りみたいになっています。外で男性に声をかけられることもなくなりました」

職場では祖父が社長なこともあるのか、しつこく男性社員に誘われることはない。ただ外見がおとなしく見えるせいか、出先でしつこく声をかけられることはあった。

強く押せばいける、声をかけてくる男性にそう思わせてしまっていたのかもしれない。けれど今は、結婚指輪を見せて「夫がいますので」とはっきり言えば大体はすぐ引いてくれる。

これはあまり強気に出られない私にとって、本当に助かっていた。

「……待て、もしかして、今まで恐い思いをしたことあるのか？」

「えっ、や、たまにです。しつこくついてきちゃう人とかが……。でもそういうときには目を合わせないで人混みに紛れたり、小走りで去ればそれ以上は追いかけてはこないので」

まさか質問されると思わなかった私は、変なことを言ってしまったのではないかと焦る。決してモテ自慢とかではなくて、本来ならそっとしておいてほしいタイプなのだ。

猛烈にモテていそうな、学さんの前でこんな話をしてしまい次第に恥ずかしくなってきた。

「……あや花は綺麗だから、声をかけたくなる奴の気持ちはわかるけど」

「……あ、えっ？」

「……綺麗で優しくて、料理もうまい」

私は緊張とドキドキでみじろぎすることも忘れて、ただじっとしたまま学さんの言葉を聞いている。褒めてくれるなんて、嬉しい。

「ありがとうございます、学さん。そんな風に言ってもらえると思わなかったので、とても嬉しいです」

それから私はとてもいい気持ちで、学さんの隣で夜景を目に焼き付けた。今このいっときだけでも、たとえ偽りでも、私は学さんの奥さんになれて良かったと噛み締める。

私は、学さんが好き。私では学さんの隣には立てないなんて思って、好きって気持ちを抑えつけて学さんから一線を自分から引いていたけれど、やっぱり無理だった。

酔いの余韻もあってか、そのあと私は学さんの前で大あくびをしてしまい、ふたりで夜景を見る時間はお終いになってしまった。先に入浴を勧められ、ここでも緊張をしてヘトヘトになってしまった。

同じベッドで眠るのもはじめてで私は緊張のピークを迎えてしまい……。隣に学さんの存在を意識しながら眠ってしまった。

その間際だ、私は自分にとって都合のいい浅い夢を見ていた。

「……あや花、俺はあや花が離婚を切り出してくる前に、俺を必ず好きにさせる」

学さんのかすれたような囁き声、沈むベッド、そして私の唇に落とされた柔らかな感触……。

こんな夢なら毎日見ていたいのに。沈み続ける意識の中で、私はぼんやりと考えていた。

真実と二度目の誓い

学さんは午後から病院に行かないといけないのもあり、朝食を終えるとバタバタとしたチェックアウトになってしまった。

もう少しゆっくりしたい気持ちもあったけれど、それよりまともに学さんの顔が見られなくなってしまい困った。

目が覚めたら、なんと私は学さんの抱き枕になっていたのだ。たくましい腕に抱き込まれて目覚めた私は、状況を把握するのに時間がかかってしまった。

恥ずかしい、それに学さんが目覚めたら驚いてしまうだろう。私も、寝顔を見られてしまうのは耐えられない。

家では同じ部屋で眠っているから、なにかの拍子で学さんが私の寝顔を見たこともあるだろう。だからいまさらなのは十分頭ではわかっているけれど、私がはっきりと学さんへの想いを自覚した今はわけが違う。

だから海から顔を出した眩い太陽の光がカーテンのわずかな隙間から射し込むのを、

私はじっとベッドの中で待っていた。学さんの静かで規則的な寝息に耳を澄まし、息をひそめながらずっとそのときを待っていた。

じり、じり、と少しずつ学さんを起こさないように、その腕から脱出を試みる。しかし無意識に抱きしめ直されてしまったりして、時間がかかってしまった。

本当の夫婦だったら私からも抱きしめ返したい気持ちを抑え込んで、涙をのんで、ひたすらに体を少しずつ動かしていく。そうして、学さんの腕から脱出することに成功した。

寝不足の顔を冷たい水で洗い引き締めて軽くメイクをして着替え、朝の海をカーテンの隙間から眺めながら学さんが起きるのを待った。

学さんは目を閉じたまま、隣を手で探る仕草をみせた。それからぱっと目を開いて上半身を起こし、私のいない隣を見てすぐに辺りを見回した。

窓際でその様子を見ていた私と目が合うと、思ったよりも柔らかな声で「おはよう」と言ってくれた。私の胸はそれだけできゅんとしてしまう。

学さんと夢みたいな結婚生活を続けたいと思う私と、学さんが私に対して優しい態度や言葉をかけてくれるのは、幼なじみで妹みたいな存在だからだと理解している冷静な私。両方の私が脳内会議を繰りひろげている。

いっそ好きだと気持ちを伝えようと発言する私も現れたけれど、振られたらいつわりの新婚生活が気まずくややこしくなるからと即却下となった。

ホテルからの帰り道、運転をしてくれている学さんの横顔を助手席からちらりと盗み見る。

酔っていた私に、優しい言葉をかけてくれた。それはどうして？　私を気遣ってのリップサービスにちがいない。

あんなシチュエーション、もしかしたら夢だったんじゃないかと思わず考えてしまう。

学さんをじっと見つめていたら、視線を感じたのか学さんがこちらを見ようとしたので慌てて視線を窓の外に移した。

午前十時、車は多いけれど比較的すいすいと流れていた。これから新緑の目映い季節に移っていく気配を、光や匂いや温度で感じていた。

お互いに改めて昨夜の話題を出すことはなく、結局そのまま、たわいない会話をしながら家まで帰ってきた。

ただ、ひとつ。変わったこともある。

玄関から家に入る前、一瞬だけ学さんから手を握られた。すぐ離されたけれど、これは今までにない行動だったから驚いた。

びっくりしていると、学さんは小さく笑う。確実に以前より、ぐっとふたりの距離が近づいているとそのとき強く感じた。

これは……もしかしたら。このまま新しい良い関係を築けるかもしれない。少しずつでいい、焦らず学さんとの生活を毎日大切にして、それが長く続いたら……。

なんて甘い夢を見そうになって、慌てて気を引き締めた。

学さんを好きだと自覚した小旅行になったけれど、これは祖父に花嫁姿を見せるため、安心させるための偽りの結婚だ。それが、このまま続くわけがない。

私の想いが学さんに届くこともない……。

そんなことを考えていると、廊下の先を歩いていた学さんが振り返った。

「あや花、今なにか難しいことを考えてたか？」

笑みを浮かべる学さんにそう言われて、私は自分の顔をぺたぺた触った。

「もしかして、顔に出てました？」

「いや、背中からそんな気配を感じたから」

気配？　と思ったけれど、雰囲気は人に伝わるものだ。きっと学さんも、それを感じ取ったに違いない。

「や、これから、色々頑張らないとって、思っていただけです」

夢なんて見ないように、甘い考えなんて捨てるように。そうしないと、いつかくる別れの時に耐えられなくなるから。

私がよっぽど難しい顔をしていたのか、学さんは「俺がいる、心配ない」と言ってくれた。

私の気持ちを自覚するきっかけとなった横浜での一夜から、一週間が経った。

学さんとは変わらず別々のベッドを使っているけれど、眠る前のほんのひととき。ベッドに腰かけ、今日一日の話をするようになった。

印象に残った出来事、思ったこと。楽しかった、悔しかった、悲しかった話などをお互いにして情報を共有し共感し合う。

十分ほどだけど、私にはとても大切な時間になっていた。話をして「おやすみ」と言い合い別々のベッドに潜る。学さんがちょっと笑ってくれた。優しかった。そういうささやかな幸せを噛み締めて眠るのが日課になっていた。

祖父はあれから体力の衰えを感じさせる場面もあるけれど、通院もなく仕事をこなしている。奇跡が起きて、祖父の体調が安定しているのかもしれない。私は自分の身近に起きる奇跡の連続に感謝した。

その翌日だった。夕方仕事を終え、まだ誰も帰ってはいない自宅に戻ると、綺麗な女性がうちの門の前に立っていた。

茶色に染めた髪は艶々、色白で大きな目が印象的だ。誰もが振り返って二度見してしまいそうな、そんな美人だ。

ボディーラインの美しさが引き立つワンピース、けれど決して下品ではない、男性ウケの良さそうな服装で身を包んだ女性は、ガレージに車を入れるために徐行運転をする私に気づきニヤッと笑った。

その勝ち誇ったような笑い方に、私は自分の仕事帰りの姿に気づいた。機能性を重視したグレーのパンツスーツに、髪をひとつにまとめている。メイク直しもしていないし、アクセサリーも結婚指輪だけ。

女の勘というか、第六感というか。女性が私を見てニヤッと笑ったのは、自分よりランクが下だと値踏みされたのだと感じた。

せめて帰宅前にリップだけでも塗り直せば良かった。

「誰だろ……失礼な人。だけど、あの笑い方に覚えがある……？」

その女性は私が車をガレージに入れるのをしっかりと見届けると、笑みを浮かべながら歩み寄ってきた。

「こんにちは、えっと、那月さん？」

「……こんにちは。どちら様でしょうか」

近くで女性を見ても、その美しい姿に見覚えがない。女性は車から降りた私をつま先から頭のてっぺんまでじっくりと眺めて、鼻で笑う仕草を見せた。

ここまでされて、まだ我慢できるほど私はできた人間ではない。

「どんな御用でしょう？」

「わたしは安成学さんの婚約者の、瀬戸紗香《せとさやか》です」

女性は、目を細めてさらりと、とんでもないことを言い出した。

「な、なにを言ってるんですか……？　学さんと結婚しているのは私です……っ」

私は動揺してしまい、声が震える。

「結婚っていっても、貴女が持ちかけた、嘘の結婚よね？　貴女、病院の屋上で泣いてたわよね。わたし、しっかり見てたのよ。安成先生の優しさにつけ込んで、卑怯な人！」

さっきまでの笑みを消して、私を睨みつける。私は想像もしていなかった言葉に、鈍器で頭を殴られたような衝撃を受けた。

あの場面を、見られていたなんて。弁明のしようがない。その通りだから。

あの日、私は優しい学さんにつけ込んだのだ。

「安成先生の優しさを、貴女は利用したの。そんなことをしなければ、わたしは安成先生と結婚するはずだったの。いいえ、今からでも遅くないわ」

「……えっ？」

「離婚して、安成先生を解放してあげて。わたしのうちはね、大手の医療機器メーカーなのよ。わかるでしょう？　わたしと結婚した方が、安成先生にとっても、病院にとっても有意義なのよ。貴女の個人的な事情に、未来ある安成先生を巻き込まないで！」

ものすごい剣幕でそう言われて、言葉を失う。女性は私に言いたいことがたくさんあるようで、勢いは止まらない。

「父から安成先生を紹介されて、運命の人だと直感で確信したわ。だから病院まで会いに行ったり……あの日だってそうだった。安成先生を追いかけて病院の屋上に行ったら、貴女の寸劇の真っ最中で。優しい安成先生は、ころっと騙されてしまって」

「可哀想に」と、女性は続けた。

「とにかく。早く離婚してあげてね。もういいでしょう？　おじい様が望んだ、花嫁さんになれたんだから。じゃ、あんまりぐずぐずするなら、また会いにくるからね。わたしだって準備があるんだから」

女性はそう言って、颯爽と去っていく。私は頭が真っ白なまま、その姿を見送るしかなかった。

「……同情、そうだった。私、甘えて浮かれ過ぎてた……っ」

長くこの生活を続けたいなんて、自分勝手にもほどがあった。本来、学さんには、もっと相応しい……さっきの女性みたいな人と結婚する未来もあった。

医療関係者から女性をいきなり紹介されたり、お見合いのような場をセッティングされそうになったと聞いた。それは学さんに将来性が大いにあるからだ。

子供たちのための小児外科医、都内外からたくさんの患者さんが学さんを頼りに病院へやってくる。学さんは皆の、唯一無二のヒーローで……。

私は足早に玄関まで行き鍵を開けて入り、脱いだ靴がないことで誰もいないことを確認して、そのまま玄関ホールにしゃがみ込んでしまった。

その夜。

祖父が二十時過ぎに帰宅したので、私は近いうちに大事な話があると伝えた。祖父は表情を明るくしたので、私が妊娠したと勘違いしてしまったかもしれない。

ただ、それを訂正する気力がなく、曖昧に笑ってその場をごまかしてしまった。正直にその可能性はないと言えなかったことで、更に気分が重くなる。自業自得だ。

これからまず学さんに、離婚を提案する。いつ、どのタイミングで離婚をするか話し合い、それが決まったら祖父に今回の顛末を正直に話す。

なんてことをしたんだと、叱られるだろう。だから巻き込んだのは私で、私が全面的に悪いのだとしっかり説明をする。勿論、学さんのご両親や院長先生にもだ。

私がしでかしたことを、すべて清算しないとこれから誰も幸せになれないと思った。学さんの未来を、大切な時間を、もう私のために使ってはいけない。

あの女性に言われなければ気づかず、皆の優しさを犠牲にして私は夢みていただろう……本当に自分のことしか考えていなかったことが恥ずかしい。

いつもより遅い夕飯になってしまい、テーブルに料理が並び終えたのは二十一時頃だった。食事の支度が遅くなったことを祖父に謝りながら一緒に食事をとりはじめたけれど、喉になにか詰まったみたいに食べ物が通らない。

「……あや花、食欲ないのか？　大丈夫か？」

「……ごめんね、平気。ちょっと疲れてるのかも、でもすぐ元気になるから心配しないで」

笑って明るく振る舞ってみたけれど、覇気がないのは自覚している。

「顔色も、なんだか悪いぞ」

「そうかな？　たまたま、そう見えるだけだって。それより、おじいちゃんの好きな里芋とイカの煮物、お味は大丈夫だった？」

すっかり食の細くなった祖父のために、日頃なるべくバランスを考えながら好物を食卓に出すようにしている。

それに加えて、学さんの好物も作り、食卓は以前よりもりだくさんになっていた。

今夜の煮物は、私が落ち込んでいてなかなかキッチンに立てずにいたせいで、煮込む時間が若干短くなってしまっていた。

祖父は私に見えるように里芋をひとつ口に入れ、「おいしいよ」と励ますように言ってくれた。

その祖父の優しい姿に、学さんを巻き込まなかった未来を一瞬で想像してしまった。きっとこんな風に祖父とふたりきりで食卓につき、食べきれるだけの好物を並べ、静かに食事を進めていたのだろう。

それが正解だったんだ。

そう頭に浮かんだら、目頭がじわりと熱くなっていく。

「……あや花、どうした」

「……おじいちゃん、あの、あのね……っ」

心臓が嫌な風にバクバクと鼓動を打つ。まだ学さんと話し合いをしていないのに、頭の中でもうひとりの私が『早く本当のことを明かしたほうがいい』と責め立てる。

そのときだ。こんな時間に、玄関の呼び出しインターホンが鳴った。しかも、連続で鳴らしてくる。

「……誰だろう、ご近所さんかな」

室内モニターで確認をすると、そこには夕方うちにきた瀬戸さんが立っていた。そわそわとした様子で、目は開き切っていて怖い印象を受けた。

「どうして瀬戸さんが……！」

彼女が再びうちにやってくるなんて、想像もしていなかった。戸惑っているうちにも、さらに何度もインターホンを鳴らしてくる。祖父も私のそばにきて、「あや花の知り合いか？」と聞いてきた。

このまま祖父が応対に出てしまったら、瀬戸さんは祖父に、私と学さんの契約婚の内容すべてを話してしまう恐れがある。絶対に祖父と瀬戸さんをここで会わせてはいけない。

「あ、あの、知り合いだから、ちょっと出てくるね。おじいちゃんは食事を続けていて」

なるたけ冷静を装ったつもりだけど、私は目の前が白黒するほど動揺している。心配そうな表情を浮かべる祖父が玄関に様子を見にくる前に、瀬戸さんにはどうにか帰ってもらわないといけない。

緊張と嫌な予感で心臓を激しく鳴らしながら、私はすぐに玄関へ向かう。鍵を開け、そうっと扉を開けると、瀬戸さんが「遅い！」と怒鳴った。

「瀬戸さん、こんな時間にいったいどういうつもりですか」

瀬戸さんは手に握り締めた、くしゃくしゃの紙を私の目の前で広げて見せた。

「わたしね、あのあと、安成先生を説得しに行ったのよ。同情なんて捨てて、本来の婚約者であるわたしと結婚しましょうって。だけど先生ったら、なにを言っているんだなんて言うのよ。本当に優しいんだから」

「学さんに、会いに行ったんですか⁉」

「わたしが本来の婚約者なんだから、会いにいっても構わないでしょう！　それに安成先生を早くあなたから解放してあげたくて……」

瀬戸さんは手に握り締めた、くしゃくしゃの紙を私の目の前で広げて見せた。

それは、離婚届だった。

瀬戸さんはそれをグイグイと私に押し付けて、「早く書け、早く書け！」と迫る。

私はだんだんと堪らない気持ちになっていた。非は私にある、いつか学さんのためにも離婚はしなければならないともわかっている。

だけど、それはこんな風に押しかけられて書くようなものじゃない。それに、それに——。

「私だって、学さんが好きなんです！ ずっと昔から、だけど自分じゃ学さんの隣には立てないって、ずっと思っていました。けれど、どうしようもなく、やっぱり学さんが好きなんです。お願いだから、そっとしておいて……っ」

そう遠くはないその日まで、放っておいてほしい。私はそう思いながら、大きな声で瀬戸さんに学さんへの想いを叫んだ。

すると瀬戸さんは思いきり私を睨み、にじり寄ってくる。

「往生際が悪いわね、ならわたしが無理にでも書かせてあげる」

瀬戸さんが私に掴みかかろうとした瞬間、私と瀬戸さんの間に大きな背中が割って入った。

「あや花、ケガはないか⁉」

振り返ってそう聞いてくれた学さんは、肩で息をしていた。その向こうに、ガレージに入れず横付けされた学さんの車が見える。

学さんは私の肩をしっかりと抱くと、瀬戸さんと向かい合った。

「瀬戸さん。さっきも言ったが、俺の妻はあや花ひとりだけだ。これから先も、俺にはあや花しかいらない。俺の人生に必要なのはあや花だけで、君は必要ない」

学さんが、しっかりと私の顔を見て言ってくれた。私はこれが嘘だとわかっているのに、感激してしまって学さんを見つめ返すことしかできない。

「安成先生、嘘でしょう？　だってわたし、知ってるって言ったじゃないですか、先生がこの女のために犠牲になっているんですよね？　大丈夫ですよ、わたしが先生を助けて……」

「何度言えばわかるんだ。俺はあや花を愛している、助けてもらう必要なんてない。それに、君が俺をそこまで想って行動しているなら、俺が本当に結婚をしてまで、あや花を助けた意味がわかるだろう？」

瀬戸さんはわなわなと唇を震わせて、黙ってしまった。

「二度とあや花に近づくな。病院にもだ。君の父親には、今頃院長から連絡がいっている。今夜のことは、追って報告をさせてもらう。さあ、通報されたくなかったら早く帰ってくれ」

するとの瀬戸さんは、離婚届を丸めて私にぶつけようと振りかぶったけれど、それも学さんが制止してくれた。それから瀬戸さんは、私を最後に思いきり睨みつけて速足で帰っていった。

騒ぎを聞きつけて、祖父が心配そうに玄関にやってきてしまった。もう、今までのことを隠すことは難しくなった。

私はいよいよ、そのときがきたのだと思った。

ここで学さんに改めてしっかり感謝を伝え謝罪をして、祖父に私が説明をする。突然の機会に頭が真っ白になりそうだ。けれど、物事が進むときはきっと、こんな風に一気にくるものだろうと思い知る。

そうして、ことのてんまつをリビングで明かすことになった。学さんは、「俺に任せて」と手を一度握ってくれた。

「いったい、あの女性は誰なんだ。離婚とかなんとか聞こえたけれど、どうなってるんだ？」

「さっきの女性は、以前から俺につきまとっていました。病院で使用している機器メーカーのご令嬢で、勝手に俺の婚約者と名乗り困っていました。彼女が急に病院に押しかけてきて、あや花に俺と離婚するよう忠告してきた、なんて言うものですから急いで帰ってきました」

瀬戸さんは私に言いたいことを伝えたら、気持ちが高揚して学さんに会いたくなってしまったんだろう。

膝の上で、強くつよく握った拳に力を込める。学さんにすがりついたりしないよう……。

祖父が目を丸くしている。つい最近結婚した孫娘夫婦に他人がなにを言い出すんだと混乱している。

「どういうことなんだ、離婚しろだなんて。あや花はなにか言われたのか？」

心配を浮かべた祖父の表情に、ぐっと胸が詰まる。

「離婚をすすめられたのは本当。でもそう言われても仕方がない理由があって、私のせいで……」

「あや花のせいって⁉ いったいなにが……」

静かだったリビングは、一気に緊迫感に満ちた。私も学さんも祖父も、それぞれの表情の変化を見逃すまいとしている。

手のひらに汗をかいて、胸が詰まって、涙が出そうになる。しかしこれは私がはじめたことなのだから、私が終わりにしないと。

『私が学さんに頼んで結婚してもらった』、そう祖父に伝えるために唇を開こうとした瞬間、隣に座っていた学さんに力強く手を握られた。

私の握った拳が開かれ、学さんはしっかりと指を絡ませてきた。私は驚いて学さんの顔を見る。

「俺が、正夫さんに説明する。それにあや花に言っていない、大事な話もあるんだ」

「大事な話……？」

手は繋いだまま、学さんがうなずく。

「学が、なにがあったか説明してくれるのか？」

祖父は、学さんに向けて身を乗り出した。

「はい。まず俺とあや花が結婚したのには、ふたつの理由があります。ひとつは、あや花の花嫁姿を正夫さんに見せたかった。ふたつ目は、俺があや花をずっと好きだったからです」

はっきりと、よく通る学さんの声がリビングにすっと響いた。

私は、学さんの横顔を見つめたまま言葉が出ない。

——……今、また好きって言ってくれた？　でもこれは、この場を一度おさめるために言ってくれた嘘？

ドッドッドッと、強く心臓が鳴る。

祖父は、きょとんとした顔で私たちの顔を交互に見る。

「なぁ、それって結婚する理由としては普通のことだよな？」

花嫁姿を見せたい。好きだから結婚した。確かに結婚するには十分で大切な理由になる。

「そうです。ただ、結婚に踏み切る大きなきっかけがありました。それは……」

理由は、私が自分で伝えないといけない。私は「あのっ」と、割って入った。

「私が、入院していたおじいちゃんと、院長先生が話している内容を偶然聞いちゃったの……！　オレはもうダメか？　自分でわかるだろって……。ねぇ、私嫌だよ！　おじいちゃん、死なないで……っ！」

言いたくても、言えなかった。死なないでと言って、祖父の反応を見るのが酷く恐ろしかった。

我慢していたぶんの涙が、わあっと一気にあふれる。すると、学さんが握った手に力を込めてくれた。私も、ぎゅっと握り返す。

祖父は再び目を丸くした。祖父がこんなに驚く表情を連続で見せるのは、はじめてだ。

「いや、死なないぞ⁉　この間の検査入院で、やすちゃんから『今までみたいにガツガツ飯が食べられないのは、老化で自然なこと』だって言われたんだ。でもオレは諦めきれなくて、なんとかならないかって聞いたんだ」

今度は、私と学さんが目を丸くする番だ。私たちは顔を見合わせ、それから祖父に向き合う。

「えっと、つまり、おじいちゃんは年相応に食が細くなっただけで……深刻な病気ではなかったってこと……？」

「ああ、そうだぞ。万が一にそんな病気が見つかったら、会社や次期社長をどうするか今ごろ大騒ぎだ。でもなぁ、あれだけ食えてたのが、急に食えなくなったのはなぁ。オレは食事が趣味みたいなものだから、ショックでな」

胃のある辺りをさすりながら、祖父は私と学さんに話す。私は……自分の聞き間違いを大いに恥じた。あの場で説明を求めるために一歩踏み出せなかった自分が本当に恥ずかしい。

「学さん……、ごめんなさい。ごめん。おじいちゃんが死ななくて良かった……っ」

心底ほっとしたのと、学さんへの罪悪感が、私の中でぐちゃぐちゃに混ざり合う。

自分の言葉のコントロールも難しくなってしまった。

「それで、オレと、あや花と学の結婚に関係があるのか？」

「おじいちゃんが、おじいちゃんが死んじゃうから……、ずっと見たいって言ってくれてた……ウェディングドレス姿を見せたかったの」

「あや花が、すぐに誰かと結婚しなくちゃと真剣に悩んでいたので、俺がすぐに立候補しました。俺は昔からあや花が好きだったので、他の男には取られたくなかったんです」

「学さん、もう嘘つかなくていいです……。私は学さんが好きだけど、学さんにはもう同情を捨てて離婚して自由になってほしい……！」

ああ、どさくさに紛れて、好きだと言ってしまった。言葉は一度声に出したら、二度となかったことにはできない。

しっかりしなくちゃいけないのに、酸素が足りないみたいに頭がフワフワする。

そこで祖父は、「ああー」と声を上げた。

「つまり、あや花と学はオレが死ぬと思って急いで式を挙げるために結婚までしてくれたんだな。で、ふたりは好き合ってるみたいだけど、なんで離婚するんだ？」

すうっと新鮮な空気を吸ったように、頭がクリアになっていく。そう、そうだった、学さんが私を好きだと言ってくれた。

「あ、あの、学さんは本気で私を好き……なの？　もし同情とかだったら、無理しないでください」

学さんは、真剣な顔をしていた。私はその表情を見ただけで、同情なんかではないと悟った。

そのくらい、学さんの眼差しには真剣さと熱がこもっている。

「好きだよ。もう何年好きかわからないくらいだ。はじめてここにきて、あや花に会ったときのことだって覚えてる」

学さんが本気で私を好きなんだとわかり、たまらなくなってしまった。

「私も、私も学さんが大好きです。はっきり自分で認めたのは最近だけど、好きって認めたらどんどん気持ちがおさえられなくなって……！」

隣から、学さんにしがみつく。学さんは痛いくらいに、ぎゅっと私を抱きしめてくれた。

「離婚なんてしたくない、私と離婚しないで」

「そんなこと、するわけない！　絶対に離さない、あや花、好きだよ」

私たちはお互いにぎゅうぎゅうに抱きしめあって、ふたりの気持ちが本物なのだと確かめ合う。

「ああ、よかった！　やすちゃんとな、どうにかお前たちふたりをくっつけられないかと考えていたんだ。検査入院中、ああだこうだ話し合ったりして。今回の入院ではオレも自分の歳を意識したよ、だから余計に好き合っているお前たちがいつまでも一緒にならないのがもどかしくて」

「え、あの、おじいちゃんたちは、私たちをくっつけようとしていたの？」

「そうだよ。でもまさかいきなり結婚するとは思わなかったけどな！　学のほうが何枚も上手だったな」

祖父は学さんに、「あや花をこれからも大事にしてくれよ？」と笑う。学さんは、「はい」としっかりとした声で返事をしてくれた。

それから私は、突然やってきたその女性、瀬戸さんに言われたことをふたりに話した。学さんと祖父は、怒りを抑えながらも冷静に聞いてくれた。

学さんは、瀬戸さんはストーカーに近い存在だと言い、病院で起きたことを説明してくれた。

これまでも瀬戸さんは学さんに会うために何度も病院に押しかけてきていたので、病院内でも悪い意味で有名だった。

今日は面会時間が終わっているのにもかかわらず、救急の入り口から病院に入り、ナースステーションまで上がってきたそうだ。困った看護師が内線で院長先生に報告をすると、院長先生は瀬戸さんに注意をしようと院長室に呼んだ。

学さんも同席するために院長室へ入っていくと、瀬戸さんは興奮した様子で話をはじめた。

『安成先生が優しいから言えないと思って、わたしが直接奥さんに会い、離婚してと言ってきました。偽物夫婦なんて早くやめて、わたしと結婚しましょう』

瀬戸さんは医療機器メーカーの令嬢で、院長先生はメーカーとのつき合いもあり、注意をしながらも今まで目をつむってきた。けれど今回は許し難いと、大激怒したそうだ。

院長先生は、学さんにはすぐに家に帰り、私のケアをするように伝え、瀬戸さんの父親にその場で怒りの電話をしていたそうだ。警察にも通報すると言っていたという。

これまでの話を学さんから聞いた私は、その場で、祖父に謝罪をした。学さんとの結婚は祖父のためだと思って突き進んだけれど、たくさんの人を騙す行動だったと。学さんにも、謝った。

学さんは「俺こそ」と言い、祖父は「歳を取ったと認めたくなくて、あや花にしっかりと状況を説明しなかったのが悪かった」と謝ってくれた。

三人がそれぞれを思っての行動だったことを理解し、これからも末永く元気で家族でいようと誓いあった。

その数日後、私たちは院長先生や学さんのご両親にも、あの瀬戸さんのことも含めて説明をした。偽りからはじまった結婚だったけれど、本当は想い合っていたと学さんは言ってくれた。

意外だったのは、叱られたりしなかったことだ。逆に、学さんの長い片想いが実って良かったと祝福された。どうやら学さん自身は気づかなかったようだけど、私への想いを家族は皆気づいていたらしい。

学さんは真っ赤になって照れていて、私はその隣で嬉しさに顔が熱くなってしまった。

――そうして、学さんの提案で、家族だけを呼んで、もう一度小さなチャペルで結婚式を挙げることになった。

これからが本当の、私たちのスタートだ。

天井からいくつものランプシェードが吊り下がり、祭壇の裏の大きなステンドグラスが淡い光を透す。

前回とは違って私にはピリピリとした緊張感はなく、穏やかな気持ちで幸せいっぱいだ。

白を基調としたシンプルかつ上品なチャペル。家族だけの和気あいあいとした雰囲気の中、祭壇の前で私たちは並んだ。

「今日のドレスも、すごく綺麗だ」

「学さんも、格好いいです。何回も惚れ直しちゃいそうです」

「本当？　なら定期的に式を挙げたいな」

悪戯っぽく言って、学さんが私に微笑む。その眼差しには愛がいっぱいこもっている。

ベールが静かに上げられて、改めて私たちは向き合った。

「……色々あって、いきなり結婚したけれど、学さんと夫婦になれて本当に良かったです。あのとき、私に手を差し伸べてくれてありがとうございます」

いくら感謝しても、毎日伝えても、足りないくらいだ。

「こちらこそ、俺の手を取ってくれてありがとう。絶対後悔なんてさせない、世界一幸せにする。世界一幸せになるのはあや花で、二番目は俺だよ。約束する」

そう言って、学さんは誓いのキスを私の唇に落としてくれた。

おわり

番外編　可愛い妻への甘えかた

可愛いあや花と一緒に暮らすようになって、毎日がこれまでよりも尊く感じる。

これまで紆余曲折あったけれどお互いに想いが通じ合っていることがわかり、身内だけを呼んで二度目の挙式をあげた。

俺はすでにあや花に愛されていたという事実を知り、言葉や行動を制限する必要がなくなった。

あや花が俺を好きになってくれるのをゆっくりと待っていたわけだけど、その必要がなくなったのだ。

誰かを大切に思う、この存在のためなら、なんでもしてあげたい。

そういった強い気持ちは、仕事柄日々感じ取っている。子供の健康を、命を思う親の気持ちに毎日触れているからだろうか。

俺も今、あや花のためなら。そして俺たちの間にいつか子供が産まれたら。そう意識をすると、自分が今やるべきことに、より一層集中できるようになった。

プライベートでは、結婚後も非日常的な空間でふたりの時間を過ごしたくて、定期的にホテルステイを楽しんでいる。

日常を離れ、開放的な気分になるのか、あや花がとても甘えてくれるのが理由のひとつだ。

ただ、なんだか今夜は様子がいつもと違うようだ――。


あや花が気に入ってくれた、横浜のあのホテルに今夜泊まりにきている。初めてきた夜には、俺は眠ったあや花にキスすることしかできなかった。

しかし今では想い合っているぶん、あや花の心も体も愛し尽くしている。俺が肌に触れるたびに身を捩り、甘く蕩けそうな声を小さく上げる最愛の妻に、俺は理性を毎度吹き飛ばしそうになるのを我慢している。

もし本能のままに肌を合わせたら、俺はあや花を抱き潰してしまいそうだ。だから我慢をしているのに、あや花はこんなことを言って俺を煽る。

「今夜は、私が学さんを癒したいんです。いつも私ばかり優しくしてもらっていて、学さんは疲れると思うから……！」

窓辺に置かれた、景色を眺めるために海側を向いたソファーに座り、ふたりでくつろいでいると、俺に肩を抱かれたあや花がそんなことを言い出した。

夜の帳《とばり》に煌めく光ではなく俺のほうを見て、俺が首を縦に振るのを待っている。

握りこぶしでも作るような、やる気に満ちた表情だ。

「疲れることなんてない。俺は愛する妻であるあや花を大事にすることで、毎日癒されてる」

「もう、そうやって言えば私が引くと学さんは思っているかもしれませんが、今日は引きません」

むんっ！と擬似音でもつきそうなほど、あや花は意気込んでいる。

「でも、こうやってあや花とくっついて、ゆっくりしているだけでも十分に癒されるんだけどな」

「いいえ、私にだってもっと学さんのためにできることがあるはずです。毎日子供たちのために頑張っている学さんを、私はもっと支えたいんです」

その存在だけで十二分に俺を支えてくれている、あや花。俺はあや花を失ったら、心が壊れてしまうかもしれないのに。

「なにかないですか、私にできること」

必死になって、なにか俺を癒す方法を見つけようとする可愛いあや花に、思わず口元が緩んでしまう。

「……あっ、笑ってる！　もう、私は真剣なのに」

「わかってる、君が真剣に考えてくれていることは伝わってる。じゃあ、あや花からキスしてもらえたら癒されるよ」

あや花は、ボンッと音でも鳴りそうな勢いで赤くなった。それもそうだろう、そういった接触には控え目なあや花にしたら、自分からキスするなんて大胆な行動だ。

今でも不意に手を握ったり、抱き寄せるだけで、あや花は首筋までほんのり赤くする。それが可愛くて、ますます好きという気持ちが大きくなっていく。

本当に、あや花から俺にキスをしてくれたら嬉しい。勇気を出してくれたら心が踊る。そういうことじゃないと却下されたら、俺からキスするつもりだ。

一分ほど、唸りながら下を向いたり上を向いたり。たっぷり悩みに悩んだ結果あや花は、「わかりました」とはっきりと言った。

「本当に？　恥ずかしくて無理なら、俺から……」

「わー！　だめです、それじゃいつもと変わらないです。私は、学さんがしてほしいことを叶えたいんですから！」

抱いた肩を引き寄せようとしたら、手で制止されてしまった。

「私から、私からしますから……！　あの、目を閉じてもらえますか？」

「ええー……、キスしてくれるあや花の顔を見ていたいな」

自分でも、子供っぽいわがままであや花を困惑させていると自覚している。けれどせっかくのチャンスなら……。

「……もう、そ、それもわかりました……！」

あや花は俺を制止していた手を軽く握り、じっと俺の顔を見つめる。

ああ、俺のあや花が可愛い。長いまつ毛に縁取られた大きな瞳が、潤んでいる。白い頬はさっきから赤みを増すばかり、小さな唇がぴくりと動く。

この形の良い唇が柔らかく、開くと甘い声を恥ずかしそうに小さく洩らすことも知っている。

潤んだあや花の瞳、緊張して力の入った体から、俺のために勇気を振り絞ってくれているのが伝わってくる。

感動で熱く満たされ、あや花の唇が俺の唇に軽く重ねられた。

二、三度僅かに押し付けられて、俺の心はあや花への愛おしさで爆《は》ぜた。

「……っ、んんっ！」

唇を離そうとする、あや花を胸に抱きしめ、俺からも唇を合わせる。薄く開きはじめた唇を舌で止めれば、あや花の体はぴくぴくと俺の腕の中で跳ねた。

しばらく楽しんでから唇を離すと、とろんとして蕩けた瞳のあや花が、ぼうっと俺を見ている。

濡れた唇が、月の青白い光できらりと見えて扇情的だ。

「……今度は、俺があや花を甘やかす番だ。朝までたっぷり愛させて……」

「……え、あ、朝まで……!?　あっ」

ソファーからあや花を抱き上げて、ベッドまで運ぶ。慌てていたあや花が、そのうちに俺の首元に抱きついてきた。

そんなことは、はじめてだ。ドキっとしたのがあや花に伝わったのか、ふふっと小さく笑われる。

「……学さん、大好き」

さらに強く抱きついてきたあや花は、また相当勇気を出したのだろう。俺はそんなあや花のことが愛おしくて、離さないよう抱いた腕に力を込めた。

おわり

敏腕社長の一途な愛し方

きたみ まゆ

魅力的すぎる彼との一夜

人間には裏と表がある。そんな当たり前のことを忘れ、彼の一面だけを見て信じていた自分が悪い。

そう自分に言い聞かせながら、バーのカウンターでひとりため息をつく。

重厚感のあるカウンターテーブルに、ゆらゆらと揺らめくガスランプの明かり。高級ホテルの四十五階にあるこのバーは壁の一面がガラス張りになっていて、夜景が楽しめるよう室内の照明は最小限に抑えられていた。

こんなに素敵な空間にいるのに、ぼんやりしていると自分を裏切った元彼のことばかり考えてしまう。

私はゆっくりと息を吐き出し、あふれそうになる涙をこらえた。

こんな場所で泣いて、せっかくのお店の雰囲気を壊したくない。

気持ちを落ち着けようと、目の前に置かれたグラスを持ち上げる。

すべて忘れてしまいたいと思い『アルコール度数の高いものを』とお願いしたカクテル。透明感のあるカクテルはライムの酸味がさわやかで、普段あまりお酒を飲まない私でもおいしく感じた。

一気に飲んで息を吐き出し、カウンターの中にいるバーテンダーの男性に「同じものを」と頼む。

「もう少し度数の低いものをご用意しましょうか」

彼の気遣いに「いえ。大丈夫です」と首を横に振った。

バーテンダーは慣れた手つきでシェイカーを振るい、カクテルグラスを差し出す。

それに手を伸ばそうとしたとき、低い声がした。

「そんなふうに飲んだら、悪い酔い方をするよ」

そう言われ、声の主を振り返る。そこにはスーツ姿の長身の男性が立っていた。

スツールに腰かけた私の視線の高さが、ちょうど彼の胸元あたり。すらりとしているけれど胸板には厚みがある。スーツを着ていてもわかる男らしい体躯。

そのまま視線をあげると、その男性と目が合った。

年はきっと三十代前半くらい。軽くウエーブがかった黒髪で端正な顔立ちの彼が、私を見下ろしていた。

どうして私に話しかけてきたんだろう。首をかしげた私を見て、彼は目元だけで笑う。

「隣いい？」

確認され少し警戒しながらうなずく。

「君がこのままひとりで飲んでいたらほかの男に声をかけられるだろうから、放っておけなかった」

私の隣に腰かけた彼は、耳に心地よい低い声でそう言った。

もしかして口説かれているんだろうか。戸惑いながら彼の顔を見る。

こちらを見つめ返す瞳が、ランプの光を反射してとても綺麗に見えた。

ただ端正でかっこいいだけじゃなく、人を惹きつける魅力のある人だと思った。表情や口調がどことなくミステリアスでとらえどころがない。こういう男性をセクシーっていうんだろう。

「いつもこうやって女性に声をかけているんですか？」

私の失礼な質問に、彼は「まさか」と笑った。

「あっちで友人たちと飲んでた」

そう言われ、彼の視線の先を見る。

奥のテーブル席に数人のスーツを着た男性がいた。みんな落ち着いた雰囲気で、ハイスペックそうな集団に見える。

その中のひとりに見覚えがある気がするけれど、どこで見たのか思い出せない。

考えていると、「あの中にタイプの男でもいた？」とたずねられた。

「いえ、なんとなく見覚えがある方がいる気がしただけです」

「あいつらは仕事の関係でメディアに出ることもあるから、それでかな」

「メディアに？」

「あそこにいるのは『吉永《よしなが》自動車』の副社長と、『大宮《おおみや》建設』の副社長と、『綾崎《あやさき》グループ』の専務と……」

説明を聞き、目を見開く。彼の口から出てきたのは、どれも国内有数の大企業の名前だった。

そうだ。たしかモーターショーの様子を報じるニュースであの中のひとりを見たんだと思い出す。国内一の売り上げを誇る吉永自動車。その副社長がかっこよすぎると、SNSで話題になっていた。

あんなに若くて地位のある人たちが集まっているなんて……。

もちろん目の前の彼もかなりの地位と肩書きを持っているのだろう。物腰や綺麗な立ち居振る舞いから、余裕と自信が伝わってきた。

私が驚いていると、「ギムレット？」とたずねられた。

彼の視線がカウンターに置かれた私のグラスに向けられているのを見て、カクテルの名前だと気付く。

「わかりません。度数の高いものをと頼んだだけなので」

私が正直に答えると、彼は小さく笑った。

「カクテルはそれぞれに言葉を持っているのを知ってる？」

花言葉みたいなものだろうか。そう思いながら「いえ」と首を横に振る。

「じゃあ、ギムレットが持っている言葉も知らないんだ」

「どういう言葉なんですか？」

「知りたい？」

うなずくと、彼は静かな声で教えてくれた。

「長いお別れ」

その言葉を聞いて息をのむ。

お任せで頼んだカクテルにそんな言葉があったなんて。

なんと答えていいのかわからず、ゆっくりと息を吐き出した。平静を装おうとしているのに唇が震える。

「すみません、ちょっと……」

このままじゃ涙があふれてしまう。そう思い席を立とうとすると、彼が「ここにいろよ」と私を引きとめた。

「周りの視線は俺が遮ってやる。だから気にせず泣いていい」

驚いて彼の顔を見ると、まっすぐに見つめ返された。

「俺でよければ話を聞く。ひとりで抱え込むより誰かに話したほうが、少しは気が晴れるだろ」

落ち込んでいるときに、こんなふうに優しく気遣ってくれるなんて……。

涙腺が緩み、まぶたが熱くなった。

「……今日、元恋人の結婚式だったんです」

涙声で話し出すと、彼は静かにうなずいてくれた。

私、平山紗枝《ひらやまさえ》は賃貸物件を仲介する『中里《なかざと》不動産』という中堅企業に勤めている。

新卒で入社し、今年で六年目になる二十八歳。ずっと総務で働いていたけれど、二年ほど前に社長から息子の尚樹《なおき》さんのサポートをするようにと命じられた。

私より三歳年上の尚樹さんは社長のひとり息子で、見習いとして社長の秘書をしていた。明るく自信家ではつらつとした彼はとても目立つ存在で、私は入社当時から密かに憧れを抱いていた。

彼の補佐として秘書業務を手伝うようになってすぐに『好きだ』と告白されて、私たちは付き合い始めた。

『職場恋愛は面倒だから付き合っていることを秘密にしたい』という彼の言葉に、なんの疑いも抱かなかった。

『結婚式の会場を探したいんだ』と言われたのは半年前。

ふたりであちこちのホテルや式場を見て回り、頭を悩ませながらこのホテルを選んだ。衣装、招待状のデザイン、食事、テーブルセッティング。決めることはたくさんあったけれど、とても幸せで楽しかった。

彼と結婚し、夫婦になれると信じていたから。

だけど、それはすべて私の勘違いだった。

今から二カ月前、私は不動産業界の関係者が集まるカンファレンスに、尚樹さんと共に秘書として同行していた。

社長が壇上で『息子が取引先のご令嬢と結婚する』と発表し、自分の耳を疑った。

驚いて尚樹さんを見ると、彼は周りからの祝福に笑みを浮かべて応えていた。

私はショックを受けながら、それまでの彼とのやりとりを思い返す。

『式場を探したい』とは言われたけれど『結婚しよう』とは言われていなかった。家族への挨拶や指輪については、いつもはぐらかされ先延ばしにされていた。

彼は最初から私と結婚するつもりはなかったんだ……。ようやくそう理解する。

付き合っていることを秘密にしたいと言ったのも、彼には本命の女性がいたからだったんだ——。

私が涙ながらに話すと、聞いていた男性は眉をひそめた。

「そんなひどい裏切りをされて、男を責めなかったのか」

「もちろん事情を聞きました。そうしたら、『本当に愛してるのは紗枝だ』って。『父から政略結婚を強要されて、こうするしかなかったんだ』って……」

尚樹さんにごめんと謝られ、黙って別れることしかできなかった。

「それで納得するなんて。ずいぶんお人よしだな」

ため息交じりに言われ、自分が情けなくなって視線を落とす。

「結婚はもう決まっていましたから。責めてもわがままを言っても意味がない。それなら尚樹さんとの楽しかった思い出だけを大切にして、あきらめようと思ったんです」

ゆっくりと息を吐いてから、彼の顔を見て力なく笑った。

「でも、今日の披露宴で、尚樹さんは最初から私を愛してなんていなかったって思い知りました」

本当は行きたくなかったけれど、なにも知らない社長から『ぜひ息子の結婚を祝ってやってくれ』と言われ、断る理由を見つけられないまま出席した披露宴。

その会場に足を踏み入れた私は、大きなショックを受けた。

「衣装もテーブルセッティングも式の演出もすべて、私が選んだものだったんです」

会場でそう気付いた瞬間、苦しくて息ができなくなった。

「私が着るはずだったウエディングドレスを着た花嫁が、友人たちに幸せそうに話していました。『海外に行っていて忙しい私のために、披露宴の準備は彼がひとりでやってくれたの』って」

話しながら悔しさが込み上げてきて胸がつまる。

「披露宴には打ち合わせで何度も顔を合わせたスタッフさんたちがいました。みんな私を見て気の毒そうに目をそらすんです。その表情から、なにも知らずに結婚できると思っていたのは私だけだったんだと思い知りました」

声を震わせながら言うと、彼が静かに息を吐き出す。

「すべて暴露して式を台無しにしてやろうとは思わなかったのか？」

問いかけに力なく首を横に振る。

そんな考えが頭をよぎらなかったわけじゃないけど、楽しそうに笑う新婦やそのご家族たちの幸せまで壊すなんてできなかった。

「……でも披露宴が終わった後、尚樹さんが友人たちに話しているのを聞いたんです。『二年前から二股をかけてた女がいるんだけど、口が堅くて便利だからこのまま愛人にしようと思ってる』って」

彼の言葉を思い出して、怒りと悲しみで視界がうるんだ。

尚樹さんが好きだった。ふたりで過ごした日々は幸せだった。彼は政略結婚でほかの女性と夫婦になったけれど、付き合っていた二年間に嘘はなかったんだって信じたかったのに。

「私は最初からただの都合のいい便利な女でしかなかったんです……っ」

思いの丈を吐き出すと、涙がこらえきれなくなった。熱い涙が頬を伝い、カウンターに落ちる。

彼は声を殺して泣く私を見つめ、「じゃあ、復讐をしようか」とささやいた。

「復讐……？」

「自分を捨てた男にできる一番の復讐がなにかわかるか？」

その問いかけに首を横に振ると、テーブルの下で手が触れた。

「愛されることだよ。自分を大切にしてくれる男に愛され幸せになって、見返してやればいい」

「私を大切にしてくれる人なんて、いるわけが……」

視線を落としてつぶやくと、あごをすくい上げられた。

「ここにいるだろ」

そう言ってまっすぐに私を見つめる。その表情がぞくっとするほど魅力的だった。

「俺じゃ不足か？」

低く甘い声で問われ、息をのむ。

そんな提案、普段の私ならうなずくはずがないのに、彼の瞳に捕らえられるとなぜか拒むことができなかった。


彼が私を連れて向かったのは、スイートルームだった。

高級ホテルのスイートルームなんて、この先二度と足を踏み入れることはないだろう。一般庶民の私には縁遠い、豪華で上質な空間。

けれど、そんな一生に一度の貴重な経験を堪能する余裕はなかった。

部屋のドアが閉まると同時に、噛みつくようなキスをされた。油断すれば食べられてしまうんじゃないかと思うくらい、強引なキス。

思わず体を引こうとすると、髪に指を潜《もぐ》らせ引き寄せられる。髪に触れられる感触すら気持ちよくて、膝《ひざ》が震える。

必死にキスを受け止めていると、彼が喉の奥で低く笑った。

「ライムの香りがする」

「え……？」

「さっき飲んでいたギムレット」

そう言われ、『長いお別れ』という言葉を思い出す。

ずっと尚樹さんのことが好きだった。だけど私は彼の表の顔しか知らなかった。

最初からただの都合のいい女でしかなかったのに、それに気付けなかった自分が惨《みじ》めで情けなくなる。

私が顔をしかめると、「泣くなよ」と優しい声色で言われた。

「泣いてません」

「本当に？」

意地を張ってうなずく。うるんだ目元に指先がそっと触れた。

「じゃあ、この涙は？」

「……目にゴミが入ったんです」

苦しい言い訳をして彼を見上げる。彼はわずかに顔をかたむけ目を細めた。

「いいね。意地っ張りで甘やかしがいがある」

小さく笑った彼の瞳が、熱を帯びていくのがわかった。

背中のチャックを下ろされ、ワンピースが床に落ちる。

羞恥を感じる余裕すらなく、彼から与えられる快楽に体を震わせる。立っているだけで精いっぱいだった。

「あ……、待って」

あまりの気持ちよさに、彼の胸を押し返そうとする。

「待つわけないだろ」

低い声で一蹴され、体の奥に火がともる。

二十八年間生きてきて、それなりに恋をしてきた。ひと通りのことは経験し、大人になったつもりだった。

だけど、こんなすべてを忘れるような快楽は初めてだった。

彼が私の体を壁に押し付けこちらを見下ろす。逃げ場のない檻《おり》の中に閉じ込められたような緊張感。期待と不安で喉がごくりと上下する。

天井《てんじょう》に取り付けられたダウンライトが、私たちを照らしていた。

目鼻立ちのはっきりとした彼の端正な顔。その頬に落ちた影がぞくっとするほど色っぽかった。

最奥まで一気にあばかれ、強い快感に体が震える。彼は私に息をつく暇も与えず動き出す。私はたくましい体にしがみつきながら必死に首を横に振った。

「んんっ、やだ……、待って……！」

涙声で懇願すると、耳元で「どうして？」とたずねられた。

「だって、こんなの知らない……。おかしくなる……っ」

その言葉を聞いて、「おかしくなれよ」と彼は笑う。

「おかしくなってすべて忘れて、俺のことしか考えられなくなればいい」

そう言うと、容赦なく私の体を突き上げた。


翌朝。私はスイートルームのダイニングで、テーブルの上に並べられた豪華な朝食を前に困惑していた。

「食べないのか？」

正面に座った男性が私にたずねる。

「朝食を一緒に食べることになるなんて、予想外で」

「その言い方だと、俺に抱かれることは想定内だったみたいだな」

小さく笑われ「そういう意味じゃ」と慌てて首を横に振る。

出会ったばかりの人と一夜を共にするなんて、生まれて初めての経験だった。今まで真面目に慎重にをモットーに生きてきた私にとって、考えられないくらい大胆な行動だ。

だけど、目の前に座るこの男性は人生経験も恋愛経験も豊富そうで、いかにも遊び慣れていそうだった。だって、こんな素敵な人を女性たちが放っておくわけがないから。

昨夜はお酒の場での気まぐれで私に声をかけたんだろう。朝になり冷静になれば冷たくなるだろうと覚悟していた。

だから、目を覚ましたらすぐに帰ろうと思っていたのに。

彼は『一緒に朝食を食べよう』と私を引き留め、ルームサービスで豪華な食事を用意してくれた。

「私はただの行きずりの相手なのに、こんなに優しくしてもらえるなんて意外だったという意味です」

素直にそう言うと、彼の整った顔が崩れた。「ははっ」と声をあげて楽しげに笑う。

昨夜、照明を落としたベッドルームで私を組み敷いた彼は、怖いくらい色っぽかった。だけど、明るい日差しの中で屈託なく笑う表情も同じくらい魅力的だ。

このギャップはずるいなと思っていると、彼が私を見て小さく首をかしげた。

「悪いけど、行きずりにするつもりはないから」

「え？」

「言っただろ。自分を大切にしてくれる男に愛され幸せになって、見返してやればいいって」

そんなの、ただの冗談だと思っていたのに。

「泣いている女の人がいたら、こうやってなぐさめるのが趣味なんですか？」

「まさか。好きでもない女を甘やかしたいと思うほど優しくない」

「じゃあ、どうして私なんか……」

困惑する私を、彼が見つめた。

「綺麗だったから」

「え？」

「涙をこらえる横顔が綺麗で、自分のものにしたいと思った」

強い視線に射抜かれ、喉がごくりと上下する。

けれど動揺が表情に出ないように、平静を装い背筋を伸ばした。

「そんな些細なことでこんなに優しくしてもらえるなんて、信用も納得もできません」

そう言った私を見て、彼が小さく笑う。

「理由が必要ならいくらでもやるよ。綺麗な立ち姿も、会話から伝わる生真面目さも、周りを気遣わずにはいられない不器用な優しさも、全部俺好みだった。それから、ベッドの中での反応も」

最後に付け加えられた言葉を聞いて、一気に頬が熱くなった。

「ベッドって！」

「恥じらいながら感じる様子が、いじらしくてかわいかった」

「なに言ってるんですか」

「理由を聞きたがったのは、そっちだろ」

真っ赤になった私を眺め、彼は笑みを深くする。

「君に惹かれた理由がほしいなら、いくらでも聞かせてやる。好きな女を落とすためなら、言葉は惜しまない主義だから」

これはもう完全にからかわれているなと顔をしかめた。

「ちょっと口がうますぎませんか？」

「口がうまいんじゃなく、君が魅力的なんだよ。もっと自信を持っていい」

なにを言ってもこの調子で返される。速くなった鼓動を落ち着かせるために深呼吸を繰り返しながら、「もういいです」と視線をそらした。

「怒った顔もかわいい」

「だから、もういいですってば」

居心地が悪くて彼を睨《にら》むと、優しい視線を向けられた。

「昨日の泣き顔も綺麗だったけど、今の表情のほうがずっといい」

その言葉に、いつの間にか胸の痛みが癒《い》えているのに気付く。あんなに落ち込んでいたのに、尚樹さんのことなんてすっかり忘れていた。

昨夜彼はベッドの中で、優しく私を慰めてくれた。

私を抱きながら彼がつぶやいた、『こんなに魅力的な君を捨てるなんて、元彼は本当に見る目がなかったんだな』という言葉に救われた。

全部彼のおかげだ。私を大切に扱ってくれた彼のおかげで、失っていた自信が取り戻せた気がする。

彼にすすめられ、朝食を食べ始める。優しい味のスープもバターたっぷりのオムレツも焼きたてのパンも、すべてがおいしかった。

尚樹さんと別れてから、ずっと食欲がなかったのに。食べ物を素直においしいと思えた自分に驚く。

「これからどうするんだ？」

そう問われ、首をかしげる。

「元彼と同じ職場で、このまま一緒に働くのはつらいだろ」

私を心配してくれているんだ。彼の優しさに胸が温かくなる。

「思い切って辞めようと思います。六年間働いてきてそれなりの経験と資格があるので、再就職先もなんとかなると思いますし」

そんなふうに前向きに考えられるようになったのは、間違いなく彼のおかげだ。

「それなら……」

彼がなにかを取り出そうとしたとき、テーブルの端に置かれたスマホが震え出した。

彼は手を伸ばし画面を見る。

視線をこちらに向けられたので「どうぞ」とうなずく。彼が電話に出ると、声色も表情も仕事モードになった。

気心が知れた相手なんだろう。挨拶もなく短い会話を交わした後、「すぐに出る」

と言って電話を切った。

「悪い。行かないといけない」

彼が腕時計をつけながら私に謝る。

「いえ」

今日は日曜日なのにお仕事だなんて、忙しいんだろうな。そう思ってから、彼の職業はおろか、名前も年齢も知らないことに気付いた。

「とりあえず俺の連絡先を渡しておく」

名刺を取り出そうとした彼に「いりません」と首を横に振る。

「一晩優しくしていただいたおかげで、気持ちも落ち着き立ち直れました。これ以上甘えるわけにはいきませんから」

私の言葉を聞いた彼は、不満そうな視線をこちらに向ける。背筋を伸ばして見つめ返すと、彼は根負けしたように息を吐き出し「生まれて初めて振られた」と苦笑した。

「振ったわけじゃ……」

「いいよ。本気で口説くのは次の機会にとっておく」

「次に会う機会なんてないと思いますけど」

名前も連絡先も知らないのに、また会えるわけがない。

「じゃあ、もし再会できたら、そのときは逃がさないから覚悟しておいて」

挑戦的なまなざしを私に向けた。一気に彼の色気が増し、体の奥が熱くなる。

彼は私にゆっくりしていくようにと言い残して、部屋を出て行った。

スイートルームに取り残された私は、大きく息を吐き出す。

昨日まで元恋人に裏切られ最悪な気分だったのに、今はこんなに豪華な部屋で朝食を食べている。まるで魔法にかけられたような気分だ。

窓の外を見ると、綺麗な青空が見えた。昨日までの未練や後悔を洗い流してしまったようなどこまでも澄んだ青だった。その下には太陽の光を受けて輝く都心のビル群が広がっていた。

それを眺めながら、自然と笑顔になる。尚樹さんのことは忘れて前向きに進んでいこうと思った。

予想外の再会

一カ月後。私はそれまで勤めていた中里不動産を辞め、新しい職場で働き始めた。

この会社に勤めることになったのは、仕事を探しているときにたまたま訪れたカフェ。隣にいた男性が落とした名刺入れを拾い、お礼を言われ名刺を渡されたのがきっかけだった。

『株式会社P&D《ピーアンドディー》 FOUND《ファウンド》』という社名に首をかしげると、不動産テック系の企業だと説明された。

不動産テックというのは、従来の不動産業をテクノロジーの力で効率化したり、新たなサービスを実用化したりする取り組みで、この先どんどん成長すると言われている業種だ。

不動産会社で総務と秘書をしていたと言うと、ぜひうちで働かないかと誘われ、とんとん拍子に仕事が決まった。

まるで誰かが私のためにおぜん立てをしてくれたかのようなスムーズさに驚きながら迎えた初出勤の日。

都心のビルの中にあるオフィスは、とても綺麗で洗練されていた。設立して五年という新しい会社なので、働いている社員たちもみんな若く活気があった。

「平山紗枝と申します。よろしくお願いいたします」

そう言って私が頭を下げると、拍手がおこった。温かく迎え入れてもらい、ほっと胸をなでおろす。

「紗枝さんって呼んでいいですか？」

人懐っこい笑顔を向けてくれたのは、ふたつ年下の内田美羽《うちだみう》さんというかわいらしい女性社員だ。

「もちろんです。よろしくお願いします。内田さん」

「紗枝さんのほうが年上なんですから敬語じゃなくていいですよ」

「いえ、でも。先輩ですし」

「私、ひとりっ子だから紗枝さんみたいな綺麗なお姉さんがほしかったんです。だから、私のことは妹だと思ってかわいがってください！」

期待に満ちた目で見つめられたじろいでいると、隣にいた男性が助け船をだしてくれた。

「内田さん、平山さんが困ってるじゃないですか。そうやってぐいぐい距離を詰めると嫌われますよ」

冷静にそう言った眼鏡をかけた男性を、内田さんが頬をふくらませながら振り返る。

「ぐいぐいって。私は紗枝さんと仲良くなりたいだけですよ」

「相手が仲良くなりたいと思っていなければ、ただの迷惑行為です」

「久遠《くおん》さん、ひどい」

かわいらしい内田さんに睨まれても眉ひとつ動かさない彼は、久遠さんという社長秘書を務めている男性だ。

カフェで偶然出会い、私をこの会社に誘ってくれたのも彼だった。

「迷惑なんかじゃないですよ。私も仲良くなりたいので」

内田さんにそう言うと、彼女は「やったぁ」とうれしそうにはしゃぐ。

「今まで私が久遠さんのサポートをしてたんですけど、気配りとか手回しとか苦手なので、紗枝さんが来てくれてうれしいです」

「お役に立てるように頑張ります」

この会社での私の仕事は、社長秘書である久遠さんのサポートだ。今までの経験を活かせるしやりがいもある。

「社長は出張されているんですよね？」

私が確認すると、久遠さんが「えぇ」と苦笑いする。

「成瀬《なるせ》はちょうどアメリカに出張に行っています。せっかく平山さんが入社してくれるのに日本を離れなければならないことを、とても残念がっていました」

P&D FOUNDの社長は、成瀬美紀《みき》さんという人物だ。二十七歳のときに起業し、たった三年で上場企業へと成長させた、とても有能でカリスマ性のある人らしい。

「成瀬が見据えているのは日本のトップではなく世界のトップです。現在我が社が日本で運用しているシステムはアメリカからも注目されていて、様々な企業からオファーが来ているんですよ」

「それでアメリカに行ってらっしゃるんですね……」

すごいとため息をつく。アメリカの不動産テックの市場は、日本とは比べ物にならない規模だ。

「もしかしてこの会社、これからものすごい勢いで成長するんじゃ……？」

思わずつぶやくと、久遠さんが当然という表情でうなずいた。

「今のうちに株を買っておきますか？」

彼の提案に少し圧倒されながら「いえ、大丈夫です」と首を横に振る。

「ミキさんって、すっごい美形でセクシーでかっこいい人なんですよ。私もミキさんみたいになりたいって憧れているんです」

有能でカリスマ性があって、美形でセクシーでかっこいい女性……。それだけ聞くと近寄りがたく感じるけれど、内田さんの言葉から成瀬社長が慕われているのが伝わってきた。

社員たちからミキさんと呼ばれているし、きっと親しみやすい人なんだろう。

「とても素敵な人なんですね。お会いするのが楽しみです」

私がそう言うと、久遠さんがくすりと笑う。

「きっと平山さんも、成瀬に会ったら好きになりますよ」

「久遠さんも成瀬社長が好きなんですか？」

「ええ。惚れてます。私がこの会社に来たのは、成瀬に口説かれたからですから」

真面目で堅物そうな彼がそこまで言うほどだから、よっぽど魅力的な女性なんだろう。もしかして、成瀬社長と久遠さんは恋人なのかもしれない。

久遠さんの横顔を見ながら、成瀬社長と会うのが楽しみだなと思った。


その日の仕事を終え自宅に帰ると、マンションの前にひとりの男性が立っていた。

彼は壁にもたれかかり、スマホを見ていた。

誰かを待っているんだろうか。そう思いながら近づくと、その男性は私の靴音に気付き顔を上げる。

その人が誰かわかった瞬間、驚きで息をのんだ。

「紗枝」

私の名前を呼び笑顔を見せるのは、尚樹さんだった。

「尚樹さん、どうしてここに……。なんの用ですか？」

彼とは別れ、会社も辞めた。もう会う必要なんてないのに。眉をひそめた私に彼は笑顔のまま近づいてくる。

「そんな冷たいこと言うなよ。俺と紗枝の仲じゃないか」

「仲もなにも、私たちはもうただの他人です」

尚樹さんの結婚を知った時点できっぱりと別れ、それ以来個人的な連絡はいっさい取っていなかったのに。

「あ、もしかして紗枝、怒ってるのか？」

「怒っているんじゃなく、尚樹さんと話すことはありませんから」

そう言って彼の横を通りマンションに入ろうとすると、手首を掴《つか》まれ引きとめられた。

「待てよ。俺が悪かったって。謝るから」

「謝るって、今さらなにを？」

「こっちの事情もわかってくれよ。さすがに結婚前後に浮気するわけにはいかないだろ？　これからはちゃんと紗枝にも構ってやるから機嫌直せよ」

「は……？」

この人は、今でも私が自分を好きだと思っているんだろうか。あんなひどい裏切りをして、私を傷つけておきながら。

「仕事を辞めたのも、俺への当てつけなんだろ？　会社に戻ってこられるように親父にも話してやるから、安心しろって。俺と紗枝の関係は、今までとなにも変わらない。ただ俺が結婚しただけで」

身勝手すぎる言い分に、めまいがした。

この人は結婚し家庭を手に入れることも、私を愛人にすることも、当たり前だと思っている。その行動が、奥様や私を傷つけるなんて考えもしないんだ。

尚樹さんのちょっと自信家でいつもポジティブなところに惹かれた。自分の思い通りにいかないと機嫌が悪くなる気分屋な一面もあったけれど、その素直さも彼の魅力だと思っていた。

だけど恋愛感情が消え冷静になった今、好きだと思っていた部分はただの幼稚さと傲慢さだったんだと気付く。

「やめてください。私はもう、尚樹さんを好きじゃありません」

そう言って掴まれた腕を振り払おうとすると、彼の表情が変わった。

「めんどくせぇな。俺が謝ってやったのに、いつまでわがまま言ってんだよ！」

大きな声で怒鳴られ、恐怖で体がすくむ。

言葉も発せずに息をのむと、帰宅途中のスーツ姿の男性が声をかけてくれた。

「大きな声を出していましたが、どうかしましたか？」

尚樹さんは第三者から冷静にたずねられ驚いたんだろう。私の腕を掴んでいた手から力が抜けた。

そのすきに手を振り払い、震える足で走り出す。

「待てよ！」

私を追いかけようとした尚樹さんは、声をかけてくれた男性に引き留められているようだった。

「逃げても無駄だからな。紗枝が俺のところに戻ってくるまで、毎日来るからな！」

背後からそう怒鳴られ、怖くて必死に走り続けた。

翌日。出社した私を見て、内田さんが目を丸くした。

「紗枝さん、大丈夫ですか？　顔色悪いですよ」

そう指摘され、そんなにひどい顔をしているだろうかと驚く。

「服は昨日のままだし、クマもできてるし、なにかありました？」

するどい彼女に追及され「実は……」とためらいながら事情を話した。

昨夜、尚樹さんから逃げだした後、しばらく時間をつぶそうとカフェに入った。

閉店時間になり自宅に帰ろうとしたけれど、尚樹さんに怒鳴られたことを思い出し、足が動かなくなってしまった。

まだ彼がいたらどうしよう。こんな時間じゃ通りかかる人もいないだろうし、誰も助けてくれない。

そう思うと怖くて、自宅に帰れなかった。

仕方なく二十四時間営業のお店に入り、朝になるのを待って出社した。

私の話を聞いた内田さんが猛然と怒り出した。

「なにその元彼。最低ですね！」

「内田さん、そんな大声で……」

私が彼女をなだめていると、声を聞きつけた久遠さんがやってきた。

「どうしたんですか？」

「聞いてくださいよ、久遠さん！　紗枝さんが元彼にひどい目にあわされて……！」

内田さんから話を聞いた久遠さんは「ふむ」と小さくうなる。

「それはよくありませんね」

「すみません。個人的な事情でおさわがせして」

「いえ。悪いのは平山さんではなくそのクズ男ですから、お気になさらず」

上品な口調でクズ男とさらりと言われ、聞き間違いかなと目を瞬かせる。

「とりあえず、しばらく自宅には帰らないほうがいいでしょうね」

「そうですよね……」

自宅に帰れないということは、しばらくビジネスホテルかネットカフェに泊まるしかない。転職したばかりで無駄な出費は避けたいのに。

しかも、いつまでそんな生活が続くかもわからないし……。と途方にくれる。

肩を落とした私を見て、久遠さんはスマホを取り出した。どこかに電話をかけると、すぐにつながったようで「相談がある」と話し始める。

前置きも挨拶もなく要件だけを告げる気心が知れたやりとり。どこかで聞き覚えがあるような……、と思っているうちに久遠さんが電話を切った。

「話はつきました。今日から成瀬のマンションで暮らしてください。鍵は預かっているので、仕事が終わってから案内します」

唐突にそう言われ、「え……？」と目を瞬かせる。

「成瀬って、成瀬社長のですか？」

私は昨日入社したばかりの一社員で、しかも成瀬社長には会ったこともないのに。部屋に住まわせてもらうなんて、いくらなんでも図々しすぎるのでは。

「本人に了解は取りました。成瀬は部屋を自由に使うかわりに、観葉植物の水やりを頼みたいと」

その条件を聞いて考え込む。水やりが必要だとしても、その代わりに部屋に住まわせてもらうのは、対価として釣り合っていない気がする。

「いいなぁ、紗枝さん。私もミキさんのマンションで暮らしたい！　行ったことないけど、ゴージャスでおしゃれな部屋なんだろうな。綺麗な夜景が見えるんだろうな。高いお酒とかあるんだろうな」

私の隣で目を輝かせる内田さんに、久遠さんが冷たい視線を向けた。

「内田さんはダメですよ」

「わかってますよ。言ってみただけなんだから、真面目に返答しなくてもいいじゃないですか」

久遠さんは口をとがらせる内田さんに小さく肩をすくめてから、私に向き直る。

「成瀬から、『せっかく雇った新入社員に万が一のことがあったら困る。必ず自宅に案内するように』と言いつけられました。平山さんがうなずいてくれなければ、社長命令に背くことになってしまいます」

そう言われると、ものすごく断りづらい。

私は少し悩んでから、「そういうことでしたら」とうなずいた。

成瀬社長のご自宅は、内田さんの想像を裏切らない高級マンションだった。都心の再開発で建てられたばかりのタワーマンション。

外観やエントランスなどの共用部はもちろん、部屋の中も上質で洗練されていた。無駄なものがなく、シンプルなインテリアで統一されている。窓の外には夜景が広がっていて、まるでホテルのようだ。

久遠さんに部屋の中を案内してもらい、その広さと豪華さに絶句する。三十代の若さでこんな素敵な部屋に住んでいるなんて、さすが不動産関係の会社の経営者だ。

「本当に、ここに泊まっていいんですか……？」

戸惑いながら久遠さんを振り返ると、彼は「えぇ。自宅だと思ってくつろいでください」とうなずく。

そう言われても、こんな素敵なお部屋を自宅だと思える気がしない。

「気に入りませんか？」

「いえ、そういうわけじゃないんですが、私には贅沢すぎて申し訳なくて……」

「家主がいいと言っているんですから、遠慮は不要です」

久遠さんはそう言って、キッチンやバスルーム、私が使うゲストルームを案内してくれた。タオルの場所や乾燥機の使い方まで説明され、その慣れた様子に思わずたずねる。

「久遠さんは、よく成瀬社長のお部屋に来るんですか？」

「えぇ。仕事の話が尽きずにここに泊まることもあるので」

その返答に、「やっぱり」と納得した。

久遠さんの口ぶりから成瀬社長への信頼と好意を感じていたし、こうやって部屋に泊まるということは、ふたりは恋人に違いない。

「公私共に支え合えるパートナーって素敵ですね」

「パートナー？　私と成瀬とが？」

私の言葉を聞いて、久遠さんは眉をよせた。きっと照れているんだろう。

「それにしても、無駄がなくてシンプルなお部屋ですね。内田さんから成瀬社長はセクシーで綺麗な女性と聞いていたので、華やかなお部屋に住んでいるのかなと思ったんですが」

久遠さんは「セクシーで綺麗な女性……」と私の言葉を繰り返してからうなずいた。

「なるほど。どうやら私たちの間に齟齬《そご》が生じているようですね」

「齟齬？」

「いえ。私からはあえて訂正しないでおきます。苦情があれば成瀬本人に言ってください」

彼の言わんとしていることがわからず首をひねる。

「とりあえず明日は土曜ですし、ゆっくり休んでください。部屋にあるものは、自由に使ってかまいませんので」

久遠さんから鍵を受け取り、玄関で見送った。

このビルの五階までは商業施設になっているので、そこで下着と部屋着、そして最低限のスキンケア用品を揃える。

土日はそれで済むとして、来週から会社に着ていく洋服やメイク用品も必要だ。自宅に取りに帰れればいいんだけど、もし尚樹さんがいたらと思うと怖いし……。

悩んだけれど、解決策はみつからなかった。

昨日はほぼ寝ていなかったので眠気と戦いながらシャワーを浴び、リビングに戻る。

ひと息ついてから「そういえば」と気が付いた。

観葉植物に水やりをしてほしいと言われていたのに忘れていた。というか、久遠さんに案内してもらってひと通り室内を見たけれど、観葉植物なんてなかったような……。

そもそも、成瀬社長はいつ日本に帰って来るんだろう。そんな大事なことを聞き忘れていた自分にあきれる。

寝不足のせいで頭が回ってないのかもしれない。

そう思いながらソファに座る。

綺麗なリビングを眺めながら、私はいつ自宅に帰れるんだろうとぼんやり考える。

今日も私のマンションの前で尚樹さんが待っているんだろうか。そう思うと恐怖が込み上げてきた。

ここは高級マンションで、セキュリティも万全だ。尚樹さんはこの場所を知らないし、やってくるはずもない。そうわかっているのに、ひとりでいるとどうしても不安になる。

「こんなとき、あの人がいてくれたらいいのに……」

そうつぶやいて、無理な願いだなと小さく笑った。

名前も職業もどこに住んでいるかも知らない。たった一夜だけ、時間を共にしたあの人。

彼の顔を思い浮かべるだけで、なぜか少しだけ安心できた。

ゆっくりと息を吐き出すと、まぶたが重くてたまらなくなる。ベッドに移動しなきゃと思うのに、睡魔に勝てず大きなソファに身を沈めた。

うとうととまどろんでいると、玄関のほうから物音が聞こえた。

鍵を開け、誰かが入って来る気配。誰だろうと不思議に思ったけれど、頭がぼんやりしていて顔を上げられなかった。

足音が近づき、リビングのドアが開く。ソファで眠る私を見て、その人物が驚いたように足を止めたのがわかった。

ゆっくりと息を吐き、小さく笑う気配。そしてこちらに近づくと、大きな手が私の髪をなでた。

「こんなところで寝ていたら、風邪ひくぞ」

その落ち着いた低い声を聞いて、私は重いまぶたを上げた。

そこにいたのは彼だった。落ち込む私をなぐさめ、優しく甘やかしてくれたあの人。

また会えるなんて思ってなかった。

「これは夢ですか……？」

たずねると、彼が私を見つめる。

「どうして夢だと思う？」

「ずっと会いたいと思っていたから」

「まいったな。そんなかわいいことを言われるとは思ってなかった」

彼は整った顔を崩して笑う。その表情が好きだなと思った。胸のあたりが温かくなって、また穏やかな眠気がおとずれる。

うとうとしながら頭を揺らすと、彼が笑った。

「いいよ。そのままゆっくり寝て」

そう言って、優しく私の髪をなでてくれた。長い指の感触が気持ちよくて、深い眠りに落ちていった。

目を覚ますと、私は見覚えのない部屋で寝ていた。落ち着いた壁紙に、肌触りのいいシーツ。そして体を包み込むマットレス。

ここはいったいどこだろうと、目を瞬かせる。しばらく考えた後、そうだと思い出した。自宅に帰れないので、成瀬社長の部屋に泊まらせてもらったんだっけ。

でも、昨日はソファに座っているうちにうとうとして、ベッドで眠った覚えがないけど……。

不思議に思っていると、長い腕が目に入った。私に腕枕するように背後から腕が伸びている。

おそるおそる振り返ると、男の人の寝顔があった。目を閉じていてもわかる整った顔。それを見た途端、私は叫んでいた。

「な、なんで……っ⁉」

腕枕していたのは、私を優しくなぐさめてくれたあの男性だった。

どうして彼がここに……？　とパニックになる。

彼は私の悲鳴で目を覚まし、髪をかきあげながら「くぁ」と大きなあくびをする。

まだ眠そうで気だるげな表情まで色っぽくてかっこいい。

思わず見とれそうになって、そんなことを考えている場合じゃないと首を横に振った。まずはどうしてこんな状況になっているのかを理解しなくては……。

枕に頬杖をついた彼は、動揺しパニックになる私を眺め「おはよう」と笑った。

「お、おはようございます……」

反射的に挨拶を返し、「じゃなくて！」と我に返る。

「ど、どうしてあなたが成瀬社長の部屋にいるんですか!?」

「どうしてって。ここが俺の部屋だから」

ここが彼の部屋……？　眉をひそめながらたずねる。

「ってことは、成瀬社長と同棲しているんですか？」

「同棲？」

「でも、成瀬社長は久遠さんと付き合っているはずですよね」

「は？」

「ということは、二股……？」

事態を理解し青ざめる。

内田さんが成瀬社長はセクシーで綺麗な女性だと言っていたし、三十代の若さで成功を収めた才能ある人だ。たくさんの男性を惹きつけるほど魅力的なんだろう。

だけど、二股はよくない……！

顔をしかめた私を見て、男性は「なにかすごい勘違いをしてるだろ」と笑った。

「この部屋の持ち主の名前は知ってる？」

「はい。成瀬社長ですよね。成瀬美紀さん」

うなずいて答えると、彼は「よしのり」と訂正した。

「え？」

「美紀って書いて、よしのり。俺の名前」

頭の中で漢字を思い浮かべる。美紀と書いてよしのり。たしかに読めるけど……。

「成瀬社長って、女性じゃないんですか!?」

目を見開く私を見て、彼はくすくすと笑いながらうなずいた。

「ややこしいとはよく言われる」

「でも、内田さんたちもみんなミキさんって呼んでいたし、久遠さんだって」

そう言ってから、久遠さんとのやりとりを思い出す。

彼は、私が成瀬社長は女性だと思い込んでいるのを知っていた。誤解しているとわかっていて、わざと黙っていたんだろう。

「俺が女だと勘違いしてたんだ」

「そうです。だからこのお部屋に泊めてもらったのに……」

「男だって知ってたら、うなずかなかった？」

「いくら事情があって家主が留守とはいえ、見ず知らずの男性の部屋に泊まるわけにはいきませんから」

「いいね。そういう生真面目なところがほんと好みだ」

くすくすと笑われ頬が熱くなる。私は真剣に話しているのに、からかわないでほしい。

「『成瀬不動産』って知ってる？」

唐突にたずねられ「はい。もちろん」とうなずく。

成瀬不動産は、不動産業界で国内売り上げ第一位を誇る大企業だ。

「うちの親がそこの経営者で、元々は俺も成瀬不動産で働いてた。名字だとややこしいから下の名前で呼ばれてたんだ。よしのりって固い響きより、ミキのほうが俺っぽいって理由でいつの間にかこっちで定着した」

たしかに、よしのりさんよりもミキさんのほうがしっくりくるかも。そう納得しそうになって、その前にすごい情報が紛れ込んでいることに気付く。

「待ってください。ご実家が成瀬不動産……？」

「あぁ。最初は継ぐつもりだったんだけど、不動産テックのほうがおもしろいと思って、同期の久遠に声をかけて起業した。あいつとは気が合ったし、なにより優秀だったから」

さらりと言ったけれど、とんでもない大企業の御曹司だ。

成瀬不動産の後継者という地位を捨て、起業してたった数年で会社を上場させてしまうなんて。ハイスペックにもほどがある。

「ほかに聞きたいことは？」

そう問われ、慌てて彼の顔を見た。

「あの、これは偶然なんですか？」

「なにが？」

「名前も連絡先も交換せずに別れたのに、仕事を探している最中にたまたま久遠さんと知り合って、この会社で働くことになるなんて、ありえない確率だと思うんですが」

私の疑問に成瀬社長は涼しい顔で答える。

「偶然じゃなくて、運命だろ」

「からかわないでください」

顔をしかめた私を見て、彼は小さく笑った。

「からかってない。ずっと会いたかった」

低い声で言い、私の腰を抱き寄せる。たくましい体が密着し鼓動が速くなる。

「もし再会できたらそのときは逃がさないって言ったの、覚えてるだろ」

熱を帯びた瞳で見つめられ、体の奥が熱くなった。彼が私を抱きたいと思っているのが伝わってきた。

「あの、でも」

彼は戸惑う私の髪を優しくなでながら「なに？」とたずねる。彼がまとう空気が、どんどん甘く色っぽくなっていく。

「再会できるなんて思ってなかったので、心の準備が」

「でも、俺に会いたいと思ってくれてたんだろ？」

「なんでそれを……っ」

「昨日、寝ぼけながら『ずっと会いたかった』って言われて、かわいくてたまらなかった」

甘い声で言われ、頭に血が上った。

「夢だと思っていたんです！　忘れてください……！」

寝ぼけていたとはいえ、そんなことを言ったなんて。恥ずかしくて悲鳴を上げた。

「忘れるわけないだろ」

成瀬社長は喉の奥で笑いながら、慣れた手つきで私の服を脱がせていく。

「あ、待って……」

彼の手を止めようとすると、「紗枝」と名前を呼ばれた。彼の綺麗な瞳がまっすぐにこちらを見つめる。

「――抱きたい。だめか？」

ストレートな言葉に、理性が溶かされた。


お昼近くになってようやくベッドを出ると、食事をしに行こうと誘われた。

出かけるにしても仕事用の服と部屋着しかない。私が困っていると、「気にしなくていい」と強引に連れ出され、到着したのはおしゃれなセレクトショップだった。

「彼女の服を、とりあえずワンシーズン困らないくらい」

そんなとんでもないオーダーに、私は青ざめた。

「成瀬社長！　なに言ってるんですか」

「自宅に帰れないから、服は必要だろ」

「ですけど、転職したばかりでそんな余裕は」

「俺が払うに決まってるだろ」

焦る私を見て、成瀬社長は楽し気に笑う。

「そんな申し訳ないです」

「俺がしたくてしてるんだ。気にしなくていい」

その言葉で強引に説き伏せられてしまった。

スタッフさんが選んでくれた服を着て試着室を出ると、ソファに座って待っていた成瀬社長にふたりの女性客が近づくのが見えた。

「すっごいかっこいいですね。もしかしてモデルさんとかですか？」

甘えた声でそう言う彼女たちは、とてもかわいらしかった。劣等感を覚え思わず視線をそらすと、成瀬社長が私に気付いて立ち上がる。

「紗枝」

声をかけてきた女性たちを置いて私のところへ歩いてくる。着替えた私を見て彼は満足げに微笑んだ。

「すごく似合ってる。かわいい」

臆面もなく褒められて、頬が熱くなる。

「そうでしょうか」

「紗枝は気に入らないのか？」

スタッフさんが選んでくれたのは、ショート丈のニットと細かなプリーツが綺麗なロングスカート。体の線を上品に拾い、とても女性的に見える。

「私服で女性らしい服はあまり着ないので、少し恥ずかしいです」

うつむきながら言うと、「恥ずかしがる顔もかわいい。脱がせたくなる」とささやかれた。

「そ、そういうことを言うのは、やめてください……っ」

「安心しろ。家に帰るまで我慢するから」

くすくすと笑われ真っ赤になる。少し離れた場所でその様子を見ていた女性たちがため息をついた。

「なんだ。彼女を待ってたのか」

「あれだけかっこよかったら、恋人がいて当然だよね」

そんな会話が聞こえてきて、恥ずかしいような申し訳ないようなくすぐったい気持ちになる。

試着したものだけじゃなく、たくさんの服を買ってくれた成瀬社長は、荷物がマンションに届くよう手配してくれた。

日本食を食べたいという彼の希望で、和食料理店へ行く。モダンで落ち着いた雰囲気の半個室の席に通された。

「成瀬社長。あんなにたくさんお洋服をありがとうございます」

食事をしながらお礼を言うと、成瀬社長は「だから、気にしなくていい」と首を横に振る。

「それより、ほかに必要なものはないか？」

当然のようにたずねられ、私は根本的な疑問を口にする。

「あの、たしか成瀬社長のお部屋に泊めてもらうのは、海外出張中に観葉植物の水やりを頼みたいからって条件でしたよね」

成瀬社長は「そうだっけ？」としらばっくれた。

「そうですよ。だから、成瀬社長が日本に帰ってきたならお世話になる理由はなくなりますし、そもそもあのお部屋に観葉植物はないですし」

「じゃあ、このあと観葉植物を買いに行こう」

「そういう問題じゃなくて……」

マイペースな彼に脱力しそうになっていると、成瀬社長がくすくすと笑った。

「そんなの全部、紗枝と暮らすための口実に決まってるだろ。こっちは必死に口説いてるんだから、言わなくても察しろよ」

片頬だけをあげて、ちょっと意地悪に微笑む。その表情が色っぽくて、思わず息をのむ。

「からかわないでください」

「からかってないよ」

「必死に口説いている人は、そんな余裕のある表情をしないと思いますよ」

私が顔をしかめると、成瀬社長は喉を鳴らして笑った。そして私の耳元に顔を寄せる。

からかい口調だった声が、ふっと低くなった。

「じゃあ、今から本気で口説いていいか」

鼓膜を震わせたその声に、体の奥が反応する。緊張と動揺で、ごくりと喉が上下した。そんな私を見て、彼は笑みを深くする。

「紗枝、好きだよ」

そうささやかれ、あまりの色っぽさに思わず両手で耳をふさいだ。彼は耳をふさぐ私の手をにぎり、さらに甘い言葉を続ける。

「恋人になってほしい」

「あの、その」

「俺のことはきらいか？」

「き、きらいではないですけど……」

「じゃあ、好き？」

問いかけになんと答えるべきか迷う。誤魔化そうと思ったけれど、それを許さないというようにじっと見つめられた。彼に見られているだけで体が熱くなる。

私は間違いなく彼に惹かれていた。もう気持ちが隠せないくらい。

目をそらしながら小さくうなずくと、後頭部を引き寄せられ、さらうようなキスをされた。理解が追い付かずぽかんとして、次の瞬間一気に恥ずかしくなった。

「こ、こんな場所でなにするんですか……っ！」

真っ赤になった私を見て、成瀬社長は楽し気に笑う。

「うれしかったから」

「だからって、キスしないでくださいっ」

ここは半個室とはいえ、すぐそこが通路でいつ人に見られるかわからないのに。なんとか落ち着こうと深呼吸を繰り返す。

「ようやく紗枝が恋人になってくれた」

優しい視線を向けられ、また頬が熱くなる。

「なんだかうまく丸め込まれている気がします」

そんなかわいげのない感想をもらすと、成瀬社長はくすくすと笑った。

「丸め込まれておけよ。俺がとことん甘やかして幸せにしてやるから」

どうしてこんなに素敵な人が、私なんかに優しくしてくれるんだろう。それがとても不思議だった。

情熱的な愛情表現

翌週の月曜。私は成瀬社長の車で出社した。

電車を使おうと思ったのに、『どうせ行く場所は一緒なんだから乗って行け』と彼が譲らなかったのだ。

新入社員が社長と一緒に出社するなんてありえないし、気まずいんですけど……。

そう思いながら会社に入ると、私と社長に気付いた内田さんが「おはようございます」と声をかけてくれた。

「ミキさんと紗枝さん、一緒に出社したんですね。仲良し～」

「いえ、仲良しって、別にそんなんじゃ……っ」

彼女の言葉に真っ赤になって否定すると、頭上でくすっと笑い声がした。視線を上げると、成瀬社長がいたずらっぽい笑みを浮かべていた。

「そのくらいで慌てるなよ。かわいいな」

耳元でささやかれ、さらに頬が熱くなる。

私が慌てているのは成瀬社長のせいなのに。うらめしく思いながら深呼吸をする。

「成瀬社長がついでだからと車に乗せてくださったんです」

「そうなんですね。いいなぁ」

そんな話をしていると、久遠さんがやってきた。

「成瀬。アメリカ出張はどうだった？」

「概ね想定通り。詳しいことは後で」

「了解」

そんな短いやりとりをしてから、久遠さんが私を見る。

「平山さん。成瀬の部屋での暮らしに問題はありませんか？」

「え？」

「真面目な平山さんが、強引な成瀬に振り回されて苦労しているんじゃないかと心配していたんです」

涼しい顔でそう言われ、思わず彼に苦情をもらす。

「久遠さん、私が成瀬社長を女性だって勘違いしてるってわかってて、わざと黙ってたんですね」

私の言葉を聞いた内田さんが、「紗枝さん、ミキさんのことを女性だと思ってたんだ」と目を丸くした。

「みなさんミキさんと呼んでいたので……」

私がそう言うと、内田さんは「たしかに、女性の部屋だと思っていたのに家主が男だったらびっくりしますよね」とうなずいた。

「でも大丈夫ですよ。ミキさんこう見えて硬派ですから」

内田さんにそう言われ「硬派？」と聞き返す。

「そう。ミキさんこの外見だからすごくモテるし遊んでそうに見えますけど、実は恋愛より仕事優先の仕事人間なんですよ」

「そうなんですか？」

「ミキさんって歩いてるだけで女の人に声をかけられるし、飛行機に乗ればＣＡさんから名刺ばんばん渡されるし、取引先の人とかにもめちゃくちゃ言い寄られるけど、どんな綺麗な女性でもまったく相手にしないで全部スルーしちゃうんです。女の人に興味ないのかなって不思議に思うくらい。だから、紗枝さんと暮らしても手を出したりしないと思うので安心していいですよ」

彼女の言葉を聞きながら、嘘だぁとつぶやきそうになる。

だって、手を出さないどころか、私のことは出会った瞬間から強引に口説いてきた。

この週末だって、長距離フライトや時差ボケで疲れているはずなのに、散々私を甘やかして何度も抱いて……。

彼と過ごした週末を思い出して、勝手に頬が熱くなる。

「どうしました？」

内田さんに不思議そうに見つめられ、「なんでもないです」と必死に冷静な表情をキープした。

「平山は、落ち着くまで俺の部屋に泊める」

成瀬社長の言葉に、久遠さんが「了解」とうなずく。

ふたりのときは紗枝と呼んでいたのに、会社では平山と名字で呼ぶんだ。社長と社員として線を引かれ、ギャップに少しどきっとしてしまった。

こっそり心臓を押さえていると、成瀬社長が意味深な目配せをする。その色っぽい流し目に、また鼓動が速くなる。

この人は、私の寿命を縮める気だろうか。そう思っていると、彼は続けて私の息の根を止めるような爆弾発言をした。

「それから平山は俺の恋人だから、手を出さないように」

業務連絡のようなさらりとした口調で言い、まわりにいる社員を見渡す。

私がぽかんとしているうちに、社内が一気にわき立った。

「まじですか！　ミキさんが恋人を作るなんて」

「うわー、おめでとうございますっ！」

「お祝いの飲み会をしないと！　平山さんの歓迎会を兼ねて」

その反応から、成瀬社長が社員たちから慕われているのが伝わってきた。さすが成瀬社長と感心しそうになって我に返る。

「な、成瀬社長、なに言ってるんですかっ！」

顔を真っ赤にして成瀬社長を見上げると、彼は涼しい顔で首をかしげる。

「うちは社内恋愛を禁止していないし、お前をほかの男に取られないよう牽制しておきたかったから言った。問題あるか？」

「問題って……」

口をぱくぱくさせる私の横で、内田さんが「問題なんてありますよ！」と声を上げた。

「さっき、ミキさんは硬派だから安心していいって言ったのに、出会ってすぐに口説いて恋人にしちゃうなんて、私が嘘つきになっちゃうじゃないですかっ！」

彼女の勢いに、怒るところそこ？ときょとんとする。

「安心しろ。平山とは以前から面識があった。俺が一方的に惚れてて、今回ようやく口説き落とした」

彼は平然とそう説明し、社長室へと入って行った。

取り残された私は、顔を真っ赤にしながら立ち尽くす。

あんなこと、わざわざみんなの前で報告しなくても……っ。

そう思っていると、久遠さんが気の毒そうな表情を浮かべ近づいてきた。

「心配していた通り、さっそく成瀬に振り回されてますね」

「久遠さん……」

「あいつは強引なところがありますから、本当に嫌でしたら私に相談してください」

「あ、いえ。嫌なわけではないんです。事態についていけなくて驚いてはいるんですが」

戸惑いながらそう言うと久遠さんは表情を緩め「それならよかった」とうなずく。

「私も裏でいろいろ手を回したかいがありました」

「え？　裏でなにかしてたんですか？」

「いえ。なんでもありません」

私の疑問を白々しい笑顔ではぐらかす。

あの成瀬社長が『気が合う』と言っていただけあって、久遠さんもなかなかの曲者《くせもの》だと思う。顔をしかめながら仕事を始める。

「それにしても、成瀬社長が会社にいるだけで社内が活気づきますね」

業務をこなしながらそうもらすと、久遠さんがうなずいた。

「成瀬はうまいんですよ。人を惹きつけるのも、やる気にさせるのも」

ガラス張りの社長室のドアは開かれていて、開発エンジニアや営業担当が気軽に入って行くのが見えた。成瀬社長は人が来るたび嫌な顔ひとつせず話を聞く。社員ひとりひとりとのやりとりに、成瀬社長の懐の深さと余裕がにじみ出ていた。

今もエンジニアの男性と真剣に話をしているようだ。

「成瀬社長はエンジニアからも信頼されているんですね」

経営者と技術系の社員は対立することもめずらしくないのに。

「信頼もなにも、うちのシステムを一から作ったのは成瀬ですよ」

さらっと言われ目を見開く。

この会社が取り扱うのは、不動産情報をデータベース化するシステムだ。ビッグデータを使い自動的に適正価格を評価する機能と、管理業務を支援するツールまで組み込まれている。

これが様々な会社で導入されればものすごい業務の効率化が図れる。不動産会社で働いてきたからこそ、そのすごさがわかる。

こんな複雑で緻密なシステムを経営者自ら作り上げるなんて。

「いくらなんでも有能すぎる……」

絶句する私に、久遠さんがくすりと笑った。

「成瀬が本当にすごいのは有能さじゃなく、フラットさですよ」

「どういう意味ですか？」

「他を圧倒する能力を持っているのに、まったく人を見下さないし拒絶もしない。それは案外むずかしいことです」

たしかにとつぶやきながらガラス張りの社長室を眺めた。

この人がいればきっと大丈夫。無条件にそう信じさせてくれる魅力と才能のある人。だからこの会社はこんな短期間でどんどん成長しているんだと納得できた。

こんな人、ほかにいないと思う。

「成瀬は有能すぎてほっとくといつまでも仕事をしているので、ほどほどで休むように自宅で見張ってくださいね」

冗談っぽく付け加えられ「わかりました」とうなずいた。

「そうだ平山さん。すみませんが、これを成瀬に確認してもらえますか」

久遠さんに頼まれ、社長室に彼がひとりになるタイミングを待ち立ち上がる。

「失礼します」

開かれた社長室のドアをノックして声をかけると、成瀬社長がこちらを見た。

「こちらの確認を……」

お願いしたいんですが、と言い終わる前に彼は立ち上がりロールカーテンを下ろした。

なんでわざわざ、と思っている間に私の背後のドアも閉めてしまう。

あっという間に密室にふたりきり。

「資料の確認？」

「はい」

緊張しながら手渡すと、彼は目を通しながら「怒ってる？」と私にたずねた。

「え？」

「今日ずっと、ガラスの向こうからこっちを睨んでただろ」

「に、睨んでいたわけでは……っ」

「じゃあ、見とれてた？」

図星をさされ黙り込む。真っ赤になった私を見て、成瀬社長がくすりと笑った。

「怒ってないならよかった。今朝、勝手に恋人だと宣言したから」

「それは、ものすごく驚きました。できるなら、前もって言ってほしかったです」

「宣言していい？って聞いたら、絶対うなずかないだろ」

「それはそうですけど……」

少し顔をしかめて言うと、彼がこちらに近づいた。長身をかがめ、私の耳元でささやく。

「周りへの牽制もあるけど、俺が本気だってことを紗枝にちゃんとわかってほしかった」

「本気？」

「誰の前でも紗枝は俺の恋人だって言うし、親にも紹介したいと思ってる。紗枝が許してくれるなら、すぐにでも実家に挨拶に行く。そのくらい本気」

付き合ったばかりで、親や実家という言葉が出てくるなんて。

「本気の度合いが重すぎませんか……？」

驚いて顔を上げると、真剣な表情で見つめられた。

「紗枝の不安をなくすためなら、なんでもする」

その言葉から、彼の誠実さが伝わってきた。

前の恋人には、付き合っていることを内緒にしようと言われていた。式場にまで連れていかれたのに、彼が結婚したのは違う女性だった。そのことに傷つき落ち込む姿を見ていたから、私を安心させるためにわざわざ恋人だと宣言してくれたんだろう。

思わず声を詰まらせながら「成瀬社長……」とつぶやく。

「ん？」

「仕事中にこんな話をするなんてずるいです」

うれしくて泣きそうだ。

涙声でそう言うと、「ずるいのはそっちだろ」と鋭い視線を向けられた。

「そんなかわいい顔をされたら、我慢できなくなる」

「え、しゃちょ……」

驚いて目を瞬かせると、強引に抱き寄せられキスをされた。唇を甘噛みされ、背筋がぞくっと震える。誘うように舌で歯列をなぞられたけれど、必死に我慢してきつく口を閉じた。

だって、これ以上深くなったら、キスだけじゃ我慢できなくなる。

唇が離れると、私は真っ赤になりながら、「仕事中ですよ……っ」と小声でとがめる。

「ちょっとガードが固すぎないか」

物足りなさそうな顔でこちらを見下ろす成瀬社長がなんだかかわいく見えて、思わず笑ってしまった。

どうしよう。彼のいろんな面を見るたび、どんどん好きになっていく。


成瀬社長のお部屋でお世話になってから三週間。

仕事の休憩中、登録していない番号からスマホに電話がかかってきた。誰だろうと思いながら出る。

相手はマンションの大家さんだった。

『最近マンションの入り口に、男の人がよくいるのよ。話を聞いたら、平山さんを待ってるって』

そう言われ、背筋が冷たくなる。

尚樹さんだ。彼はまだ私のことをあきらめていないんだ。

『声をかければすぐいなくなるし、迷惑をかけられているわけでもないんだけど。念のため知らせておこうと思って』

優しい大家さんに、「ご迷惑をおかけしてすみません」と謝って電話を切る。

「紗枝さん。もしかして今の電話、例の元彼の件ですか？」

隣にいた内田さんにたずねられ、うなずいて事情を話す。

「しつこいですね。警察に通報したほうがいいんじゃないですか？」

「でも、今の段階じゃ通報しても口頭で注意されるだけでしょうし、刺激するのも怖い気がして……」

ふたりで話していると、「そうですね。関わらないのが一番だと思います」と冷静な口調で言われた。

振り返ると久遠さんが立っていた。

「相手の状況を考えると、平山さんに逆恨みのような感情を抱いているようですし」

「どういうことですか？」

「お節介だとは承知の上で、少し調べさせてもらいました」

いったいなにを調べたんだろう。

首をかしげた私に、久遠さんは「プライベートなことなので」と目配せをする。ここでは話しづらい内容なんだろうと察して立ち上がる。

応接室に移動し久遠さんとふたりになると、彼は冷静な口調で話し始めた。

「平山さんが交際されていたのは、中里不動産のご子息ですよね？」

成瀬社長から聞いたんだろうと思いながら「はい」とうなずく。

「彼は取引先のご令嬢と政略結婚したけれど、結婚生活はうまくいっていないようです」

そんな予感はしていた。今の生活が幸せなら、わざわざ私に執着する必要なんてないから。

「奥様には若い恋人がいてまったく自宅に帰らないそうです。もちろん家庭は冷え切っている。彼はあなたを裏切り結婚したことを後悔するどころか、妻は結婚前の恋人と続いているのに、どうして自分はひとりなんだとあなたを恨み、うっぷんを募らせているようです」

予想外の言葉に絶句する。

「理解できません……。あんなに私を傷つけておいて」

「常識が通じない相手はいくらでもいます。話し合おうとしても無駄ですから、距離を置くしかありませんよ」

そう言われ、ため息をついた。

隠されていた彼の想い

成瀬社長のマンションでの暮らしはとても快適だった。私が暮らしやすいように成瀬社長がいろいろなものを揃えてくれたから、今や自宅より居心地がいいかもしれない。

そう思いながらバスルームを出ると、成瀬社長はリビングでパソコンを開いていた。もうすぐ日付が変わる時間なのに。

「お仕事ですか？」

「ん。アメリカの取引先にメールしてた」

「こんな時間に」

「時差があるから余計返答は早くしたい。五分ですむ内容を一晩待たせるなんて合理的じゃないだろ」

「五分といいつつ、一度パソコンを開いたら違うお仕事も始めちゃいますよね」

私が指摘すると、成瀬社長が「見抜かれてるな」と苦笑した。

「久遠さんから、ほどほどで休むように見張ってほしいと頼まれたので」

「じゃあ、仕事を終わらせたくなるように、色仕掛けで誘惑してみて」

彼が顔をかたむけてこちらを見た。意地悪な冗談に頬が熱くなる。

「む、無理です。恥ずかしいから……っ」

私が真っ赤になって視線を泳がせると、彼が笑いながらパソコンの電源を落とす。

「紗枝は有能すぎるな」

「え？」

「そんなかわいい顔をされたら、仕事している場合じゃなくなる」

笑いながら言い、私の腰を抱くと頬に軽いキスをした。

「シャワーを浴びてくるから、寝室で待ってて」

そう言い残しリビングから出て行く彼を、真っ赤になりながら見送った。


翌週の金曜日。仕事を終えマンションに帰るために電車に乗ると、どこからか視線を感じた。

顔を上げあたりを見回したけれど、とくにこちらを気にする人はいない。気のせいかなと思いながら首をかしげた。

途中にあるお店に寄り、キヌアのサラダとアボカドのグラタンを買う。どちらも成瀬社長の好物だ。

もらいもののワインがあるから、おつまみにチーズも用意しようかな。後は部屋にある材料でパスタを作れば完璧だ。

冷蔵庫の中の食材を思い出しながら小さくうなずく。

お店の紙袋を手にマンションまでの道を歩いていると、うしろから靴音が聞こえてくるのに気が付いた。

そういえば、さっきからずっと聞こえていた気がする。近づきも離れもせず、同じ距離で追いかけてくる靴音。

誰かにつけられている？ そう思った途端、背筋が冷たくなった。

早くマンションに帰ろう。私が歩調を速めると、靴音も同じペースでついてくる。

振り返るのも怖くて必死に足を進めると、マンションが見えてきた。ほっと胸をなでおろしたとき、すぐうしろで「おい」と低い声がした。

手首を掴まれ振り返る。私を見下ろすのは尚樹さんだった。

「どういうことだよ」

怒りがこめられた問いかけに、ぞくりと背筋が震える。

「ど、どういうことって……」

「お前がマンションに帰って来ないから、必死に捜し回ったんだぞ。昨日、ようやくこのマンションに入って行く紗枝を見つけて、話をしようと一晩中待ってたんだ」

血走った眼で睨まれ、背筋が冷たくなった。私と話をするために一晩外で待っていたなんて、正気とは思えない。

「そうしたら今朝、成瀬と一緒に出てきただろ。お前、俺がいるのに成瀬と付き合ってるのかよ！」

彼の言葉を聞いて息をのんだ。成瀬って、どうして尚樹さんが成瀬社長のことを……。

「尚樹さんは、成瀬社長を知っているんですか……？」

恐怖も忘れ、そう問いかける。彼は「あたりまえだろ」と眉をひそめた。

「大学の同級生だ。成瀬は披露宴にも来てた」

まさか。あの披露宴に成瀬社長がいたなんて信じられない。動揺しながら必死に記憶をたどる。

尚樹さんは披露宴が終わった後、友人たちに『二年前から二股をかけてた女がいるんだけど、口が堅くて便利だからこのまま愛人にしようと思ってる』と自慢げに話をしていた。その中に、長身の男性がいた気がする。

あのとき私は大きなショックを受け、立っているので精いっぱいだった。友人たちの顔を確認する余裕なんてなかった。

もしかして、あれが成瀬社長……？

でも、もし成瀬社長が最初から知っていたんだとしたら、どうしてそのことを黙っていたんだろう。

動揺する私を見て、尚樹さんが笑った。

「お前、成瀬に騙されてるんだよ。あいつは二股をかけられて捨てられたお前を、冗談で口説いて陰で笑ってたんだよ」

「そんなこと……っ」

否定しようとしたけれど、声がつまった。

私が尚樹さんに遊ばれて捨てられた女だと知っていて、おもしろがって声をかけた？

彼の優しさも愛情もすべて嘘だった？

まさかという気持ちと、やっぱりというあきらめが同時にわき上がる。

人には誰にだって裏と表がある。

私はまた、彼の一面だけを見て信じ込んでいたのかもしれない。一度恋人に裏切られあんなに傷つき落ち込んだのに、懲りずにまた恋をして……。

バカな自分が情けなくなり、胸が激しく痛んだ。

「なぁ、戻って来いよ。俺を無視したことは許してやるから」

尚樹さんは甘ったるい声で言い、私の髪に触れようとした。その瞬間、激しい嫌悪感が込み上げ、手を振り払う。

「触らないでください……！」

私がそう言うと、尚樹さんの表情が変わった。激高して声を荒らげる。

「ふざけんなよ！　わざわざ俺が来てやったのに、感謝もせずに拒絶するなんて、なに様のつもりだよ！」

大声で怒鳴りながら、彼がポケットからなにかを取り出すのがわかった。街灯の明かりを反射したそれを見て、刃物だと気付く。

逃げなきゃと思うのに、足がすくんで動けなかった。

「紗枝！」

そのとき成瀬社長の声が響いた。長い腕が伸びてきて、私を抱き寄せ胸にかばう。

尚樹さんがこちらにぶつかってくる。その瞬間、成瀬社長が「っ……！」と小さくうめくのがわかった。

驚いて目を見開く。尚樹さんの持つナイフの先端が、赤く汚れているのが見えた。

一気に血の気が引き、足が震える。

「成瀬社長……っ！　大丈夫ですかっ⁉」

成瀬社長は左腕を押さえていた。彼の着ているコートがじわじわと赤く染まっていく。

どうしよう。成瀬社長が刺されてしまった。私のせいで……。頭が真っ白になる。

騒ぎに気付いた周囲の人が「今、警察と救急車を呼びます！」とスマホを持った。

警察という言葉を聞いた尚樹さんは、一気に青ざめる。

「お、俺はちょっと脅すだけで刺すつもりなんてなかったんだ。それなのに、成瀬が勝手に飛び出してきて……。俺は悪くない、こいつが悪いんだ……っ」

尚樹さんはおろおろしながらナイフを地面に投げ出し、叫ぶ。

そんな彼に向かって、成瀬社長が「ふざけるな！」と怒鳴った。真剣な表情で尚樹さんへ詰め寄る。

成瀬社長は尚樹さんの襟元を掴み上げ、まっすぐに見つめた。

「ま、待ってくれ。警察沙汰になんかなったら、親から勘当されるし会社もクビになる……。こんなことですべてを失いたくない。頼むから許してくれ……！」

そう繰り返す尚樹さんは、とても哀れで情けなかった。

「身勝手な理由で紗枝を傷つけ、ナイフまで持ち出したお前を許すわけがないだろ。すべて失ったとしても、自業自得だ。もう二度と紗枝に近づくな」

怒りがこもった低い声で言う。そんなまっすぐな彼の言葉を聞いて、涙がこらえきれなくなった。

その後、尚樹さんは駆けつけた警察に連行され、成瀬社長は救急車で病院へ搬送された。

尚樹さんに刺された左肩は、コートを着ていたこともあって後遺症が残るようなものではなかったけれど、それでも十針以上縫《ぬ》った。

私のせいで成瀬社長に怪我をさせてしまった。彼が処置を受けている間、私はショックでずっと震えていた。

今日は安静にしてくださいねと言われ、マンションに帰る。

リビングのソファに力なく座りうつむいていると、「紗枝」と名前を呼ばれた。

「成瀬社長、本当に申し訳ありません……っ」

声を詰まらせながら頭を下げる。

「紗枝が無事でよかった」

「でも、私のせいで成瀬社長が大怪我を」

「別に大怪我ってほどでもない」

「大怪我ですよ」

だって、縫うほどの怪我だ。傷が残ってしまうかもしれない。

「紗枝を守るためなら、このくらいの怪我よろこんで受けるよ。それに、これであいつは罪に問われて、もう紗枝に近づけなくなる」

私のことを一番に考えてくれる成瀬社長の言葉に、視界がうるんだ。

「どうして私のために、そこまでしてくれるんですか……？」

涙をこらえながら言うと、彼が微笑む。

「紗枝が大切だからだよ」

彼のまっすぐな想いが伝わってきて、胸が熱くなった。

だけど、ちゃんと聞かないといけないことがある。勇気を振り絞り口を開いた。

「じゃあ……、どうして私に黙っていたんですか？　尚樹さんとお友達だったことを」

私がたずねると、成瀬社長がゆっくりと息を吐き出す。

そして私を見つめ「黙っていて悪かった。尚樹は大学が同じだったけど、そのころから悪い噂のあるやつで親しくはなかったんだ」と説明してくれた。

「あの日、バーで声をかけるよりもずっと前から、俺は紗枝のことを知っていた」

「ずっと前……？」

それは一体いつからだろうと目を瞬かせる。

「不動産関係者が集まるカンファレンスに、紗枝はいつも秘書として中里社長に帯同してただろ」

その言葉に「あ……」と声をもらした。

不動産業界の情報交換を目的に、定期的に開催されているカンファレンス。

そこには大手不動産会社から不動産テックのスタートアップ企業まで、たくさんの会社が参加していた。

「もう一年近く前かな。カンファレンスの会場でたまたま紗枝を見かけた。中里社長のうしろに控えてサポートする姿を見て、気遣いができる有能な秘書だなと思った」

「そんなに前から……？」

驚く私に、成瀬社長が優しく笑いかける。

「ひと目見て惹かれたよ。綺麗な立ち居振る舞いも、真面目な態度も、ちょっと近寄りがたい澄ました表情もすべてが好みだった。でも、紗枝を目で追っているうちに、尚樹と交わされる視線やなに気ないやりとりで、ふたりは付き合っているんだと気付いた」

複雑な気持ちでうつむくと、成瀬社長は手を伸ばし私の髪に触れた。

「彼女には恋人がいるんだから、諦めないといけない。そうわかっているのに、カンファレンスに参加するたび紗枝の姿を探している自分がいた。尚樹には大学時代から女癖が悪いという噂があったから、あいつがちゃんと紗枝を大切にしているのか気になってた。そして三カ月前、中里社長が息子の尚樹が結婚すると発表したとき、話を聞いていた紗枝の表情が揺れたのがわかった」

尚樹さんの結婚を知ってショックをうけるところを、成瀬社長に見られていたんだ……。

驚く私を見つめながら、成瀬社長は静かに続ける。

「動揺を隠すために唇を噛み背筋を伸ばす紗枝のけなげさに胸を打たれた。参加者たちから祝福の言葉をかけられる尚樹を見て、涙をこらえる横顔がずっと忘れられなかった」

「必死に感情を隠しているつもりだったのに……」

「俺は紗枝だけを見てたから」

優しい声で言われ、まぶたが熱くなる。

「親しくもない尚樹から披露宴の招待状が届いて、どうせ出席者に成瀬の名前があれば自分に箔がつくからというつまらない理由だとわかっていたけど、紗枝もいるかもしれないと思って参加した。披露宴の後『二股をかけてた女がいるんだけど、口が堅くて便利だからこのまま愛人にしようと思ってる』と自慢げに言う尚樹を殴ってやりたかったけど、ここで騒ぎを起こせば披露宴の最中必死に涙をこらえていた紗枝の我慢を無駄にしてしまうと思って、なんとか怒りをこらえた」

尚樹さんの言葉を聞いて成瀬社長は怒りを感じていてくれたんだ。そう知って涙がこみあげてきた。

みんな幸せそうに笑っていたあの披露宴で、私ひとりだけが不幸なんだと思っていた。だけどあの場所に私の気持ちを理解してくれている人がいた。そう知って救われた気がした。

「披露宴のあと、憤《いきどお》りがおさまらなくて友人を呼び出してバーで飲んでた。偶然紗枝を見つけて、声をかけずにはいられなかった。そこからは紗枝も知ってる通り。必死に口説いて、久遠にうちの会社にスカウトしてもらって、同棲に持ち込んで」

「やっぱり、久遠さんが私を会社に誘ったのは、偶然じゃなかったんですね」

「いや、久遠がカフェに居合わせたのは偶然。そもそも久遠は、『惚れた女を雇いたいなんて、公私混同も甚だしい』ってまったく乗り気じゃなかった」

たしかに、久遠さんならそう言いそうだ。

「あちこちの人材エージェントに秘書業務で求人を出して、もし紗枝が応募してきたら面接をして判断してほしいと久遠に交渉していたんだ。そんな中、偶然久遠が紗枝に会って『実際に話して、彼女となら一緒に働きたいと思ったからスカウトした』としれっと事後報告されて、本当に驚いた」

「そうだったんですね……」

「あの久遠のことだから、紗枝がよく行くカフェを調べてそ知らぬ顔をして隣に座るくらいのことはやりそうだけどな」

「たしかに」

成瀬社長に負けないくらい有能で、曲者の久遠さんならやりかねない。顔を見合わせ小さく笑う。

「成瀬社長は、私のことを本当に好きでいてくれたんですね」

彼を見つめながら言うと「あぁ」と優しい表情でうなずかれた。

「ずっと好きだった。自分のものにしたくてたまらなかった。やっと手に入れたから、もう二度と離さない」

「成瀬社長……」

涙声のつぶやきを聞いて、成瀬社長はちょっと顔をしかめる。

「そろそろ社長って呼ぶのはやめないか」

そう指摘され頬が熱くなった。

「ええと、じゃあ美紀《よしのり》さん……？」

ぎこちなく名前を呼ぶと彼の顔がほころぶ。「もう一回」とねだられ、照れながら繰り返す。

「美紀さん」

「紗枝に呼ばれると、自分の名前がすごく特別に感じる」

そう言って私を抱きしめる。

こんなに魅力的な人が、私に名前を呼ばれるだけでこんなにうれしそうに笑ってくれるなんて。愛されているのを実感して、胸のあたりがくすぐったくなった。

「美紀さん、大好きです」

「俺も愛してる」

幸せすぎて、涙がこみあげる。

美紀さんは必死に涙をこらえる私を見つめながら、左手を持ち上げた。指をからめ手を繋ぎ、私の薬指にキスをする。

「紗枝」と甘い声で名前を呼ばれ、胸が震えた。

「結婚しよう」

その言葉にうなずいたら、美紀さんはどんな顔をして笑うだろう。想像するだけで幸せで、また涙があふれた。

END

番外編　ふたりの理想のウエディング

紗枝と想いを通じ合わせプロポーズをした次の週末。

俺がバスルームから出ると、リビングのソファに座る紗枝を見つけた。彼女はなにかの資料を読み比べ、悩んでいるようだった。

「難しい顔をして、どうした？」

うしろから抱きしめ肩越しにそう問うと、紗枝が驚いたようにこちらを振り返った。

「あ、美紀さん」

真剣だった紗枝の表情が、俺と目が合ったとたんうれしそうにほころぶ。こちらに向けられた無邪気な笑顔がかわいくて、愛おしさが込み上げる。

「久遠さんからいただいた資料を見ていて……」

彼女の説明を聞きながら首筋にキスをすると、華奢な肩がぴくんと跳ねた。

「ちょ、美紀さん……。んん……っ！」

白い肌を吸い上げ軽く甘噛みするたび、紗枝が甘い声をもらす。

「や……、だめ」

喉を震わせながら懇願する様子が、たまらなく色っぽい。

「久遠がくれた資料がなに？」

うなじにキスを繰り返しながらたずねると、紗枝が「美紀さん……っ」と俺の名前を呼んだ。

「こんなことをされながらじゃ、まともにお話できないからだめです……っ！」

肩で息をし、涙でうるんだ目でこちらを見上げる紗枝がかわいくて、さらに激しい欲望が込み上げてきた。

けれど、これ以上やると怒られるだろうから「わかった」と素直にうなずく。

「いちゃいちゃするのは話の後にする」

微笑みながら言うと、紗枝は「もうっ」と頬をふくらませた。その表情から、怒っているのではなく、照れているのが伝わってきた。

彼女の反応ひとつひとつがかわいすぎて、抱きしめたくなる。

「で、久遠がなにをくれたって？」

気持ちを切り替え紗枝の隣に座ると、チャペルの写真が印刷されたパンフレットを手渡してくれた。

「久遠さんが、都内のめぼしいホテルや式場の資料を集めてくださったんです」

「式場って、披露宴の？」

「はい。婚約したって伝えたわけじゃないのに……。すごいですよね」

秘書である久遠は有能な上にとても目ざとい。俺の表情や紗枝とのやり取りを見て、結婚の約束を取り付けたと悟ったんだろう。

「まだ紗枝のご両親への挨拶も済んでいないのに、気が早すぎる」とあきれながら資料を受け取る。

「どれも三百人以上の招待客を招いて披露宴ができる大きな会場なんですよ。久遠さんが、美紀さんが結婚するとなれば、うちの会社や成瀬不動産の関係者はもちろん政財界の重鎮たちも列席する大規模な式になるでしょうから、準備は手伝いますって」

そう言う紗枝の表情には戸惑いが浮かんでいた。大量のパンフレットを手渡され、プレッシャーを感じているんだろう。

それじゃなくても彼女は以前、披露宴の準備でつらい思いをしている。式場の資料を見て、そのときのことを思い出したのかもしれない。

久遠の奴、余計な気を回しやがって。と心の中でつぶやいてから、紗枝の髪に触れた。

「久遠の言葉は気にしなくていいよ」

「でも……」

「紗枝が何百人も招待客を呼んだ大掛かりな披露宴をしたいっていうなら、よろこんでそうするけど？」

髪をなでながら問いかけると、紗枝は慌てて首を横に振った。

「そ、そんな豪華な披露宴、望んでないです」

彼女の言葉に微笑んでうなずく。

「俺は紗枝と幸せになるために結婚するんだ。紗枝の気持ちより大切なものなんてないんだから、俺の会社や実家のことは考えなくていい」

「美紀さん……」

紗枝は言葉を詰まらせてから、俺の肩に顔をうずめた。

「ありがとうございます。……大好きです」

恥じらいながらの愛情表現がかわいくて、「俺も大好きだよ」とつむじにキスを落とす。

「紗枝はどんな結婚式がしたい？」

「私は……」

言い淀んだ彼女に「どんなことでもいいから教えて？」とささやくと、少しためらってから口を開いた。

「前に、氷の教会の写真を見たんです」

「氷の教会？」

「冬の一カ月の間だけ作られる教会で、壁も天井も椅子も祭壇もすべてが氷でできているんです。雪に覆われた白樺の森の中に建つ氷の教会は、建物全体が淡い光を放っているみたいに美しくて、空には満天の星が輝いていて……」

彼女の言葉を聞きながら、その情景を思い浮かべる。

気温が下がれば下がるほど空気は澄み透き通る。雪が降り積もった木々は音を吸収し、雪明りが周囲を柔らかく照らす。

そんな森の中にひっそりと建つ氷の教会は、とても幻想的で美しいだろう。

「そんなところで紗枝と愛を誓えたら、一生の思い出になりそうだな」

「素敵ですよね」

「じゃあ、挙式はそこでしようか」

俺が言うと、紗枝が「いいんですか？」と瞳を輝かせた。

「もちろん」

「憧れていたので、うれしいです」

よろこぶ彼女を抱きしめようとすると、「そういえば」と思い出したように口を開く。

「そこには氷のホテルもあるんですよ。家具もベッドも氷でできていて、冷たくないようにふかふかの毛皮が敷いてあるそうです」

うれしそうに話す彼女に、「氷のホテルはやめておこうか」と苦笑した。

「すみません。さすがに寒そうですよね」

「いや、そうじゃなくて」

首を横に振った俺に、紗枝は目を瞬かせる。

「挙式のあとはたっぷり紗枝を抱きたいから、氷のベッドが溶けると困る」

にっこり笑いながらそう言うと、紗枝の頬が赤くなった。

END

ファンレターのあて先

〒104-0031
東京都中央区京橋1-3-1
八重洲口大栄ビル7F
スターツ出版株式会社　書籍編集部　気付

本書へのご意見をお聞かせください

お買い上げいただき、ありがとうございます。
今後の編集の参考にさせていただきますので、
アンケートにお答えいただければ幸いです。

下記URLまたは二次元コードから
アンケートページへお入りください。
https://www.ozmall.co.jp/enquete/IndexTalkappi.aspx?id=2301

この物語はフィクションであり、
実在の人物・団体等には一切関係ありません。
本書の無断複写・転載を禁じます。

『旦那さま、いつになったら妻だと気づいてくれますか?』と
『敏腕社長の一途な愛し方』は2023年12月〜2024年1月に、
一部書店で配布した特典を修正・加筆したものです。

極上スパダリと溺愛婚
〜女嫌いCEO・敏腕外科医・カリスマ社長編〜
【ベリーズ文庫溺愛アンソロジー】

2025年2月10日　初版第1刷発行

著　者　滝井みらん　
木登　
きたみ まゆ　
発行人　菊地修一
デザイン　カバー　アフターグロウ
フォーマット　hive & co.,ltd.
校　正　株式会社文字工房燦光
発行所　スターツ出版株式会社
〒104-0031
東京都中央区京橋1-3-1　八重洲口大栄ビル7F
TEL　03-6202-0386（出版マーケティンググループ）
TEL　050-5538-5679（書店様向けご注文専用ダイヤル）
URL　https://starts-pub.jp/
印刷所　大日本印刷株式会社

Printed in Japan

乱丁・落丁などの不良品はお取替えいたします。
上記出版マーケティンググループまでお問い合わせください。
定価はカバーに記載されています。

ISBN 978-4-8137-1702-7　C0193

ベリーズ文庫　2025年2月発売

『一匹狼なパイロットの溺愛に生真面目CAは気づかない～偽装結婚で天才機長は加速する恋情を放つ～』若菜《わかな》モモ・著

大手航空会社に勤める生真面目ＣＡ・七海にとって天才パイロット・透真は印象最悪の存在。しかしなぜか彼は甘く強引に距離を縮めてくる！　ひょんなことから一日だけ恋人役を演じるはずが、なぜか偽装結婚する羽目に!?　どんなに熱い溺愛で透真に迫られても、ド真面目な七海は偽装のためだと疑わず…!?

ISBN 978-4-8137-1697-6／定価825円（本体750円＋税10%）

『ハイスペ年下救命医は強がりママを一途に追いかけ手放さない』砂川雨路《すながわあめみち》・著

OLの月子は、大学の後輩で救命医の和馬と再会する。過去に惹かれ合っていた2人は急接近！　しかし、和馬の父が交際を反対し、彼の仕事にも影響が出るとを知った月子は別れを告げる。その後妊娠が発覚し、ひとりで産み育てていたところに和馬が現れて…。娘ごと包み愛される極上シークレットベビー！

ISBN 978-4-8137-1698-3／定価814円（本体740円＋税10%）

『冷酷社長な旦那様が「君のためなら死ねる」と言い出しました～ヤンデレ御曹司の激重愛～』葉月《はづき》りゅう・著

調理師の秋華は平凡女子だけど、実は大企業の御曹司の桐人が旦那様。彼にたっぷり愛される幸せな結婚生活を送っていたけれど、ある日彼が内に秘めていた"秘密"を知ってしまい――！　「死ぬまで君を愛することが俺にとっての幸せ」溺愛が急加速する桐人は、ヤンデレ気質あり!?　甘い執着愛に囲われて…！

ISBN 978-4-8137-1699-0／定価825円（本体750円＋税10%）

『鉄仮面の自衛官ドクターは男嫌いの契約妻にだけ激甘になる【自衛官シリーズ】』晴《はる》日《ひ》青《あお》・著

元看護師の律。4年前男性に襲われかけ男性が苦手になり辞職。だが、その時助けてくれた冷徹医師・悠生と偶然再会する。彼には安心できる律に、悠生が苦手克服の手伝いを申し出る。代わりに、望まない見合いを避けたい悠生と結婚することに!?　愛なきはずが、悠生は律を甘く包みこむ。予期せぬ溺愛に律も堪らず…！

ISBN 978-4-8137-1700-3／定価814円（本体740円＋税10%）

『冷血硬派な公安警察の庇護欲が激愛に変わるとき～燃え上がる熱情に抗えない～』藍里《あいさと》まめ・著

何事も猪突猛進！な頑張り屋の葵は、学生の頃に父の仕事の関係で知り合った十歳年上の警視正・大和を慕い恋していた。ある日、某事件の捜査のため大和が葵の家で暮らすことに!?　"妹"としてしか見られていないはずが、クールな大和の瞳に熱が灯って…！　「一人の男として愛してる」予想外の溺愛に息もつけず…！

ISBN 978-4-8137-1701-0／定価836円（本体760円＋税10%）

ベリーズ文庫 2025年2月発売

『極上スパダリと溺愛婚～女嫌いCEO・敏腕外科医・カリスマ社長編～【ベリーズ文庫溺愛アンソロジー】』

人気作家がお届けする〈極甘な結婚〉をテーマにした溺愛アンソロジー第2弾！　「滝井みらん×初恋の御曹司との政略結婚」、「きたみ まゆ×婚約破棄から始まる敏腕社長の一途愛」、「木登×エリートドクターとの契約婚」の3作を収録。スパダリに身も心も蕩けるほどに愛される、極上の溺愛ストーリー！

ISBN 978-4-8137-1702-7／定価814円（本体740円＋税10%）

『追放された恥さらし王女が闇落ち中の悪魔騎士（実は最強王太子）をうっかり救ったら～奇跡の加護持ちだったうえ、妃として溺愛されてます～』朧月《おぼろづき》あき・著

精霊なしで生まれたティアのあだ名は"恥さらし王女"。ある日妹に嵌められ罪人として国を追われることに！　助けてくれたのは"悪魔騎士"と呼ばれ恐れられるドラーク。黒魔術にかけられた彼をうっかり救ったティアを待っていたのは――実は魔法大国の王太子だった彼の婚約者として溺愛される毎日で⁉

ISBN 978-4-8137-1703-4／定価814円（本体740円＋税10%）

ベリーズ文庫with 2025年2月発売

『おひとり様が、おとなり様に恋をして。』佐倉伊織《さくらいおり》・著

おひとりさま暮らしを満喫する28歳の万里子。ふらりと出かけたコンビニの帰りに鍵を落とし困っていたところを隣人の沖に助けられる。話をするうち、彼は祖母を救ってくれた恩人であることが判明。偶然の再会に驚くふたり。その日を境に、長年恋から遠ざかっていた万里子の日常は淡く色づき始めて…⁉

ISBN 978-4-8137-1704-1／定価825円（本体750円＋税10%）

『恋より仕事と決めたけど』宝月《ほうづき》なごみ・著

会社員の志都は、恋は諦め自分の人生を謳歌しようと仕事に邁進する毎日。しかし志都が最も苦手な人たらしの爽やかイケメン・昴矢とご近所に。その上、職場でも急接近⁉　強がりな志都だけど、甘やかし上手な昴矢にタジタジ。恋まであと一歩⁉と思いきや、不意打ちのキス直後、なぜか「ごめん」と言われてしまい…。

ISBN 978-4-8137-1705-8／定価814円（本体740円＋税10%）

ベリーズ文庫 2025年3月発売予定

Now Printing

『たとえすべてを忘れても』 滝井《たきい》みらん・著

令嬢である葵は同窓会で4年ぶりに大企業の御曹司・京介と再会。ライバルのような関係で素直になれずにいたけれど、実は長年片思いしていた。やはり自分ではダメだと諦め、葵は家業のため見合いに臨む。すると、「彼女は俺のだ」と京介が現れ!? 強引にニセの婚約者にさせられると、溺愛の日々が始まり!?

ISBN 978-4-8137-1711-9／予価814円（本体740円＋税10%）

Now Printing

『タイトル未定(航空自衛官×シークレットベビー)【自衛官シリーズ】』 惣領《そうりょう》莉《り》沙《さ》・著

美月はある日、学生時代の元カレで航空自衛官の碧人と再会し一夜を共にする。その後美月は海外で働く予定が、直前で彼との子の妊娠が発覚！ 彼に迷惑をかけまいと地方でひとり産み育てていた。しかし、美月の職場に碧人が訪れ、息子の存在まで知られてしまう。碧人は溺愛でふたりを包み込んでいき…！

ISBN978-4-8137-1712-6／予価814円（本体740円＋税10%）

Now Printing

『両片思いの夫婦は、今日も今日とてお互いが愛おしすぎる』 高田《たかだ》ちさき・著

お人好しなカフェ店員の美与は、旅先で敏腕脳外科医・築に出会う。不愛想だけど頼りになる彼に惹かれていたが、ある日愛なき契約結婚を打診され…。失恋はショックだけどそばにいられるなら――と妻になった美与。片想いの新婚生活が始まるはずが、実は築は求婚した時から滾る溺愛を内に秘めていて…!?

ISBN 978-4-8137-1713-3／予価814円（本体740円＋税10%）

Now Printing

『タイトル未定(外交官×三つ子ベビー)』 吉澤《よしざわ》紗《さ》矢《や》・著

イギリスで園芸を学ぶ麻衣子は、友人のパーティーで外交官・裕斗と出会う。大人な彼と甘く熱い交際に発展。幸せ絶頂にいたが、ある政治家とのトラブルに巻き込まれ、やむなく裕斗の前から去ることに…。数年後、三つ子を育てていたら裕斗の姿が！ 「必ず取り戻すと決めていた」一途な情熱愛に捕まって…！

ISBN 978-4-8137-1714-0／予価814円（本体740円＋税10%）

Now Printing

『冷徹な御曹司に助けてもらう代わりに契約結婚』 美《み》甘《あま》うさぎ・著

父の借金返済のため1日中働き詰めな美鈴。ある日、取り立て屋に絡まれたところを助けてくれたのは峯島財閥の御曹司・斗真だった。美鈴の事情を知った彼は突然、借金の肩代わりと引き換えに"3つの条件アリ"な結婚提案してきて!? ただの契約関係のはずが、斗真の視線は次第に甘い熱を帯びていき…！

ISBN 978-4-8137-1715-7／予価814円（本体740円＋税10%）

タイトル、価格等は変更になることがございますのでご了承ください。